UN SOUPÇON LÉGITIME

Né à Vienne en 1881, fils d'un industriel, Stefan Zweig a pu étudier en toute liberté l'histoire, les belles lettres et la philosophie. Grand humaniste, ami de Romain Rolland, d'Émile Verhaeren et de Sigmund Freud, il a exercé son talent dans tous les genres (traductions, poèmes, romans, pièces de théâtre) mais a surtout excellé dans l'art de la nouvelle (*La Confusion des sentiments, Vingt-quatre heures de la vie d'une femme*), l'essai et la biographie (*Marie-Antoinette, Fouché, Magellan*...). Désespéré par la montée du nazisme, il fuit l'Autriche en 1934, se réfugie en Angleterre puis aux États-Unis. En 1942, il se suicide avec sa femme à Petropolis, au Brésil.

Paru dans Le Livre de Poche :

AMERIGO
AMOK
L'AMOUR D'ERIKA EWALD
BALZAC
LE BRÉSIL, TERRE D'AVENIR
BRÛLANT SECRET
CLARISSA
LE COMBAT AVEC LE DÉMON
LA CONFUSION DES SENTIMENTS
CONSCIENCE CONTRE VIOLENCE
CORRESPONDANCE (1897-1919)
CORRESPONDANCE (1920-1931)
CORRESPONDANCE (1932-1942)
DESTRUCTION D'UN CŒUR
ÉRASME
ESSAIS (*La Pochothèque*)
FOUCHÉ
LA GUÉRISON PAR L'ESPRIT
HOMMES ET DESTINS
IVRESSE DE LA MÉTAMORPHOSE
LE JOUEUR D'ÉCHECS
MARIE-ANTOINETTE
MARIE STUART
LE MONDE D'HIER
PAYS, VILLES, PAYSAGES
LA PEUR
PRINTEMPS AU PRATER *suivi de* LA SCARLATINE
LES PRODIGES DE LA VIE
ROMAIN ROLLAND
ROMANS ET NOUVELLES (*La Pochothèque*)
ROMANS, NOUVELLES ET THÉÂTRE (*La Pochothèque*)
SIGMUND FREUD
LES TRÈS RICHES HEURES DE L'HUMANITÉ
TROIS MAÎTRES (BALZAC, DICKENS, DOSTOÏEVSKI)
TROIS POÈTES DE LEUR VIE
UN MARIAGE À LYON
VINGT-QUATRE HEURES DE LA VIE D'UNE FEMME
LE VOYAGE DANS LE PASSÉ
VOYAGES
WONDRAK

STEFAN ZWEIG

Un soupçon légitime

TRADUCTION DE BAPTISTE TOUVEREY
SUIVIE DU TEXTE ORIGINAL ALLEMAND

GRASSET

Titre original :
WAR ER ES ?
dans l'anthologie intitulée :
PRATERFRÜHLING
publiée par S. Fischer Verlag, 1987.

L'éditeur remercie Madame Valérie Bollaert,
auteur d'une thèse sur les nouvelles de Zweig,
d'avoir attiré son attention sur cette nouvelle inédite.

ISBN : 978-2-253-15785-4 – 1re publication LGF

Note du traducteur

Il est difficile d'établir avec précision quand fut écrite cette nouvelle, publiée en 1987 dans le volume *Praterfrühling* chez S. Fischer Verlag.

L'intrigue se déroule dans la campagne anglaise, non loin de Bath. Nous savons que Stefan Zweig, fuyant le régime nazi, s'était exilé à Londres en 1935, et qu'il emménagea à Bath en juillet 1939 avec Lotte Altmann, sa secrétaire qui allait devenir sa seconde épouse.

Un soupçon légitime

Pour ma part, j'en suis tout à fait certaine, le meurtrier c'est lui – mais il me manque la preuve ultime, irréfutable. « Betsy », me dit toujours mon mari, « tu es une femme intelligente, qui observe vite et bien, mais tu te laisses mener par ton tempérament et tu portes souvent des jugements hâtifs. » En fin de compte, mon mari me connaît depuis trente-deux ans et ses mises en garde sont peut-être, et même probablement, justifiées. Je dois donc, puisqu'il me manque cette preuve ultime, me faire violence pour réprimer mes soupçons devant les autres. Mais chaque fois que je le croise et qu'il s'approche de moi, brave et amical, mon cœur s'arrête de battre. Et une voix intérieure me dit : c'est lui et lui seul, le meurtrier.

Je veux donc essayer de reconstituer une fois de plus, rien que pour moi, le déroulement de toute l'histoire. Il y a environ six ans, mon époux avait achevé son service de haut fonctionnaire dans les colonies et nous décidâmes de nous retirer dans un endroit calme de la province anglaise pour y passer tranquillement – nos enfants sont mariés depuis longtemps – grâce aux plaisirs simples de l'existence, comme les fleurs et les livres, les jours qui nous restaient à vivre et où nos forces déclineraient. Notre choix s'arrêta sur une petite localité campagnarde des environs de Bath. À la sortie de cette ville ancienne et honorable, un cours d'eau étroit et paisible, après avoir serpenté sous toutes sortes de ponts, s'étire en direction de la vallée toujours verte de Limpley Stoke : le canal de Kenneth-Avon. Il y a plus d'un siècle, cette voie navigable a été pourvue, à grand renfort d'art et d'argent, de quantité d'écluses en bois et de postes de surveillance, afin de transporter le charbon de Cardiff à Londres. Sur l'étroit halage, de part et d'autre du canal, des chevaux au pas lourd remorquaient les larges péniches noires, parcourant tout ce chemin à leur rythme. C'était une installation grandiose et prometteuse pour une époque qui accordait encore peu d'importance à la vitesse. Mais il y eut ensuite l'avènement du chemin de fer qui transporta les noires cargaisons plus rapidement, à meilleur marché et dans de meilleures conditions. Le trafic périclita, les gardiens des écluses furent congédiés, le canal, laissé à lui-même, devint marécageux, mais c'est précisément cet abandon, cette inutilité complète, qui le rendent aujourd'hui si romantique et si enchanteur. Du fond de son eau noire stagnante, les algues croissent, si épaisses que la surface luit d'un éclat vert foncé comme la malachite, des nénuphars oscillent, colorés, sur cette surface lisse, qui, dans son immobilité dormante, reflète aussi fidèlement qu'une photographie les berges fleuries, les ponts et les nuages ; de-ci de-là, on trouve le long de la rive, à moitié immergée et déjà envahie par une végétation bariolée, une barque vétuste qui date de cette époque lointaine d'activité intense. Et depuis longtemps les clous de fer des écluses sont rouillés et recouverts d'une mousse épaisse. Personne ne se préoccupe plus de ce vieux canal, c'est à peine si les curistes de Bath le connaissent encore et, lorsque nous deux, qui sommes d'un certain âge, nous parcourûmes ce chemin plat, le long duquel jadis les chevaux halaient péniblement les péniches, nous ne rencontrâmes des heures durant personne d'autre qu'un couple secret d'amoureux qui voulaient, dans cette retraite, préserver des commérages des voisins leur jeune bonheur, tant qu'il n'avait pas été consolidé par des fiançailles ou un mariage.

C'est précisément ce cours d'eau tranquille et romantique, au milieu d'un aimable paysage vallonné, qui nous enchanta. À un endroit où la colline de Bathampton s'incline avec douceur, belle et riante prairie, jusqu'au canal, nous nous achetâmes une parcelle de terrain perdue au milieu de nulle part. Nous fîmes construire en hauteur une petite maison campagnarde d'où un jardin aux agréables allées bordées de fruits, de légumes et de fleurs, descendait jusqu'au canal, si bien que lorsque nous étions assis au bord, sur notre petite terrasse dégagée, nous pouvions contempler dans le reflet de l'eau la prairie, la maison et le jardin. La maison était plus paisible et agréable que dans mes plus beaux rêves et je regrettais seulement qu'elle soit un peu isolée, sans aucun voisin. « Ils ne tarderont pas à arriver », me disait mon mari, pour me consoler, « dès qu'ils auront vu comme nous sommes bien ici. » Et, en effet, nos petits poiriers et nos prunes n'étaient pas encore tout à fait mûrs, lorsqu'un beau jour les prémices d'une construction voisine apparurent, d'abord des agents affairés, puis les arpenteurs et, après eux, des maçons et des charpentiers. En l'espace d'une douzaine de semaines une petite maison de briques rouges prit place à côté de la nôtre, proximité amicale ; et pour finir un camion vint déposer des meubles. Nous entendions marteler, cogner sans arrêt, dans l'atmosphère tranquille, mais nous ne savions toujours pas à quoi ressemblaient nos voisins.

Un matin on frappa à la porte. Une femme mince et jolie, aux yeux vifs et bienveillants, vingt-huit ou vingt-neuf ans tout au plus, se présenta. C'était notre voisine et elle nous priait de lui prêter une scie ; les ouvriers avaient oublié la leur. Nous engageâmes la conversation. Elle nous raconta que son mari était employé dans une banque de Bristol, mais qu'ils souhaitaient tous deux depuis longtemps habiter plus à l'écart, à la campagne, et que notre maison, un dimanche qu'ils flânaient le long du canal, les avait tout de suite charmés. Certes, pour son mari cela signifiait une heure de trajet matin et soir, mais il se ferait des amis sur le chemin et n'aurait pas de mal à s'en accommoder. Nous lui rendîmes sa visite le lendemain. Elle était toujours seule chez elle et nous raconta, d'un air serein, que son mari n'arriverait qu'ensuite, lorsque tout serait terminé. D'ici là elle pouvait se passer de lui, et en fin de compte rien ne pressait. Je ne sais pas pourquoi, mais cette indifférence, cette quasi-satisfaction, avec laquelle elle parlait de l'absence de son mari ne me plut pas. Je remarquai, lorsque je me retrouvai seule à table avec mon mari, qu'elle ne semblait pas tenir beaucoup à lui. Il me rétorqua que j'avais tendance à porter des jugements hâtifs, cette femme était tout à fait sympathique, intelligente et agréable ; il n'y avait plus qu'à espérer que son époux le fût aussi.

D'ailleurs nous ne tardâmes pas à faire sa connaissance. Le samedi, lorsque nous sortîmes de chez nous pour notre promenade du soir, nous entendîmes des pas lourds et pressés qui nous suivaient, et quand nous nous retournâmes, il y avait un homme massif et enjoué, qui nous tendit une large main rougeaude, couverte de taches de rousseur. C'était le nouveau voisin et il avait appris à quel point nous avions été aimables avec sa femme. Bien sûr, cela ne se faisait pas de nous courir après ainsi, en bras de chemise, sans nous avoir d'abord rendu une visite en bonne et due forme. Mais sa femme lui avait dit tant de bien de nous, qu'il n'avait pas voulu perdre une minute pour venir nous remercier. Et il était donc là, lui, John Charleston Limpley, et n'était-ce pas, à vrai dire, épatant qu'on ait à l'avance baptisé en son honneur cette vallée Limpley Stoke, avant même qu'il puisse se douter qu'il aurait l'intention de s'installer un jour ici – oui, il était là et espérait bien y rester, aussi longtemps que Dieu lui accorderait de vivre. Il trouvait cet endroit plus splendide que n'importe quel autre endroit au monde et il tenait à nous dire dès maintenant de tout cœur qu'il serait un bon et digne voisin. Il parlait si vite, d'une façon si animée et avec une telle faconde qu'il était presque impossible de l'interrompre. J'eus donc tout le loisir de l'étudier à fond. Ce Limpley était une masse imposante, d'au moins six pieds de haut, avec de larges épaules carrées qui eussent fait honneur à un haltérophile, mais, comme beaucoup de géants, il arborait une bonhomie enfantine. Quand il clignait des yeux – de ses yeux étroits, un peu embués, et surmontés de paupières rousses – il inspirait une entière confiance. Il exhibait sans cesse, à chaque éclat de rire dont il ponctuait son discours, ses dents d'une blancheur éclatante ; il ne savait trop que faire de ses énormes mains, il avait du mal à les tenir tranquilles, on sentait qu'il aurait préféré s'en servir pour vous taper amicalement sur l'épaule et c'est pourquoi, afin de canaliser son énergie, faute de mieux, il faisait craquer les articulations de ses doigts. Pouvait-il se joindre à notre promenade, tel qu'il était, en bras de chemise ? Lorsque nous acquiesçâmes, il marcha avec nous, et nous raconta en désordre que par sa mère il était originaire d'Écosse, mais qu'il avait grandi au Canada, et, tout en discourant, il pointait du doigt tantôt un arbre luxuriant tantôt une jolie colline : tout cela était splendide, d'une splendeur à nulle autre pareille ! Il parlait, il riait, il s'enthousiasmait presque sans interruption ; il se dégageait de cet homme imposant, plein de santé et de vitalité, un flot revigorant d'énergie et de bonheur, qui vous emportait. Lorsque nous prîmes finalement congé de lui, nous étions tous deux comme réchauffés. « À vrai dire cela fait longtemps que je n'ai pas rencontré quelqu'un d'aussi cordial, d'aussi vivant », déclara mon mari, qui, comme je l'ai déjà dit, était d'ordinaire toujours très prudent et réservé dans son jugement sur les gens.

Mais notre engouement initial ne tarda pas à retomber. Humainement Limpley était irréprochable. Il était débonnaire jusqu'à l'excès, il était altruiste et d'une obligeance telle qu'il fallait à chaque instant décliner ses offres de service, de surcroît il était honnête, loyal, ouvert et loin d'être bête. Mais ce qui le rendait difficile à supporter, c'était sa façon bruyante et sonore d'être heureux en permanence. Ses yeux embués rayonnaient toujours de satisfaction, à propos de tout et de tout le monde. Ce qui lui appartenait, ce qui lui arrivait était splendide, était *wonderful* ; son épouse était la meilleure épouse du monde, ses roses les plus belles roses, sa pipe la meilleure pipe avec le meilleur tabac. Il était capable de tenir la jambe un quart d'heure à mon mari pour lui prouver qu'on ne devait bourrer une pipe que précisément de la manière dont il la bourrait lui et que son tabac était d'un penny moins cher et néanmoins meilleur que les marques plus onéreuses. Dans l'état de constante ébullition où le mettait son vain enthousiasme pour des choses tout à fait insignifiantes, indifférentes et allant de soi, il éprouvait le besoin de justifier et d'expliquer de long en large tous ces banals ravissements. Le moteur bruyant qui tournait en lui ne s'arrêtait jamais. Limpley était incapable de jardiner sans chanter à tue-tête, de parler sans rire et gesticuler, de lire le journal sans qu'une nouvelle ne l'incite à se lever pour se précipiter chez nous. Ses larges mains couvertes de taches de rousseur étaient, comme son grand cœur, toujours intrusives. Il ne se contentait pas de flatter le flanc de chaque cheval et de caresser chaque chien, même mon mari, qui avait pourtant un bon quart de siècle de plus que lui, devait consentir, lorsqu'ils étaient assis confortablement l'un à côté de l'autre, à ce que, dans sa candeur canadienne de bon camarade, il lui tapât sur les genoux. Parce que son cœur chaleureux, qui débordait, et donnait l'impression d'exploser sans cesse de sentiment, le rendait altruiste, il s'imaginait que pour tout le monde l'altruisme allait de soi, et il fallait déployer des trésors de ruse pour se soustraire à son oppressante bonhomie. Il ne respectait ni le repos ni le sommeil de qui que ce soit, parce que, dans son trop-plein d'énergie, il était incapable d'imaginer qu'un autre pût être fatigué ou de mauvaise humeur, et on aurait secrètement souhaité assoupir, au moyen d'une injection quotidienne de bromure, cette vitalité magnifique, mais guère supportable, afin de la faire revenir à un niveau normal. Il m'arriva souvent de choquer mon mari en lui faisant remarquer que, lorsque Limpley était assis une heure chez nous – en réalité, il ne restait pas assis, mais n'arrêtait pas de se relever d'un bond pour parcourir en trombe la pièce de long en large –, d'instinct la fenêtre s'ouvrait toute seule, comme si l'espace avait été surchauffé par la présence de cet homme dynamique qui avait en lui quelque chose de barbare. Tant qu'on se trouvait en face de lui et qu'on regardait ses yeux clairs, bons, et même débordants de bonté, il était impossible de lui vouloir du mal ; ce n'était qu'après, à bout de force, qu'on éprouvait l'envie de le vouer à tous les diables. Jamais avant de faire la connaissance de Limpley les personnes âgées que nous sommes ne s'étaient doutées que des qualités aussi estimables que la bonhomie, la cordialité, la franchise et la chaleur des sentiments pouvaient vous pousser au désespoir.

Désormais je comprenais aussi que ce n'était pas du tout par manque d'affection que sa femme accueillait son absence avec une satisfaction si sereine. Car c'était elle la vraie victime de ses excès. Bien entendu, il l'aimait passionnément, comme il aimait passionnément tout ce qui lui appartenait ou lui importait. Il était touchant de voir la tendresse dont il l'entourait, le soin qu'il mettait à la protéger ; il suffisait qu'elle toussât une fois pour qu'il courût lui chercher un manteau ou remuât les tisons dans la cheminée afin d'en ranimer le feu, et lorsqu'elle se rendait en ville, il lui prodiguait mille conseils, comme si elle entreprenait un dangereux voyage. Je n'ai jamais entendu un mot désobligeant entre eux, au contraire, il aimait la porter aux nues, au point que c'en était parfois embarrassant. Même en notre présence, il ne pouvait pas s'empêcher de la caresser, de lui passer la main sur les cheveux et, surtout, d'énumérer toutes les qualités imaginables qu'elle avait. « Au fait, avez-vous déjà vu les ongles charmants qu'a mon Ellen ? » lui arrivait-il de demander soudain, et malgré ses protestations de gêne, elle était obligée de montrer ses mains. Et je devais ensuite de nouveau admirer l'adresse avec laquelle elle relevait ses cheveux, et il nous fallait bien entendu goûter la moindre confiture préparée par ses soins et qui, à en croire Limpley, était incomparablement meilleure que les plus renommées d'Angleterre. Dans ces moments si embarrassants, cette femme paisible et modeste restait assise les yeux baissés. Apparemment elle avait renoncé à protester contre la conduite volcanique de son époux. Elle le laissait parler, raconter et rire, glissant tout au plus un faible « Ah ! » ou « En effet ».

« Ce n'est pas facile pour elle », me déclara mon mari, un jour que nous rentrions chez nous. « Mais on ne peut pas lui en vouloir. Il a un bon fond, et il est possible qu'elle soit heureuse avec lui. »

« Qu'ils aillent au diable, lui et son bonheur ! » dis-je, aigrie. « C'est un scandale d'être heureux d'une façon si ostentatoire et d'exhiber ses sentiments avec autant de sans-gêne. Ça me rendrait folle, moi, un tel excès, un tel abcès de bienséance. Ne vois-tu donc pas qu'en faisant étalage de son bonheur il rend cette femme très malheureuse, avec sa vitalité meurtrière ? »

« Tu exagères toujours », me réprimanda mon mari, et il avait raison. La femme de Limpley n'était pas malheureuse du tout, ou plutôt elle avait cessé de l'être. Elle était devenue incapable de ressentir clairement quoi que ce soit, engourdie et épuisée qu'elle était par cette débauche de vitalité. Le matin, lorsque Limpley se rendait à son bureau et que s'évanouissait son ultime « au revoir », à la porte du jardin, je l'observais qui commençait par s'asseoir ou s'allonger, sans rien faire, seulement pour jouir de cette situation inhabituelle, la tranquillité autour d'elle. Et toute la journée, ses mouvements gardaient l'empreinte légère de la fatigue. Ce n'était pas facile d'engager la conversation avec elle, car à vrai dire, pendant ses huit années de mariage, elle avait presque perdu l'usage de la parole. Elle me raconta un jour les circonstances de leur union. Elle habitait chez ses parents à la campagne, il était passé par là lors d'une excursion et, dans sa sauvage exubérance, s'était fiancé avec elle et l'avait épousée sans qu'elle sache vraiment qui il était et quel métier il exerçait au juste. Pas un mot, pas une syllabe de cette femme paisible et aimable n'indiquaient qu'elle ne fût pas heureuse, et pourtant mon instinct féminin devinait bien, à son air évasif, où résidait le véritable drame de ce mariage. La première année, ils avaient attendu un enfant, la deuxième et la troisième aussi ; puis, au bout de six ou sept ans, ils avaient perdu espoir et désormais ses journées étaient trop vides et ses soirées, à l'inverse, trop remplies de la tonitruante agitation de son époux. « L'idéal », pensais-je, à part moi, « serait qu'elle adopte un enfant, ou bien elle devrait faire du sport ou chercher une activité quelconque. Cette oisiveté ne peut que la mener à la mélancolie, et cette mélancolie, à son tour, à une sorte de haine contre la gaieté provocante de son mari, qui épuiserait tout être humain normal. Il faudrait quelqu'un ou quelque chose autour d'elle, sans quoi la tension sera trop forte. »

C'est le hasard qui fit que je rendis alors visite à une amie de jeunesse qui habitait Bath – une visite que je lui devais depuis des semaines. Nous eûmes une conversation agréable ; puis, elle se souvint soudain qu'elle voulait me montrer quelque chose de charmant, et me conduisit dans sa cour. Dans une grange, je vis, d'abord à peine discernable, quelque chose qui se chamaillait, se culbutait, rampait confusément dans la paille. C'étaient quatre jeunes bouledogues de six ou sept semaines qui, balourds, avançaient à tâtons sur leurs larges pattes et s'essayaient de temps à autre à de petits aboiements criards. Ils étaient charmants, à trébucher pour sortir de la corbeille où était allongée leur mère, massive et méfiante. J'en soulevai un par les tendres bourrelets ; il avait des taches brunes et blanches et, avec son ravissant nez retroussé, il faisait honneur à son noble pedigree, que sa maîtresse me détailla. Je ne pus m'empêcher de jouer avec lui, de l'agacer, de le taquiner et de le laisser attraper maladroitement mes doigts. Mon amie me demanda si je souhaitais le prendre, elle aimait beaucoup ses chiens et était prête à les offrir, pourvu qu'ils aillent dans une bonne maison, où l'on s'occuperait bien d'eux. J'hésitais, car je savais que mon mari s'était juré, depuis qu'il avait perdu son épagneul bien-aimé, de ne pas s'attacher une deuxième fois à un chien. J'eus alors une idée : ce charmant animal ne ferait-il pas un compagnon de jeu idéal pour Mrs. Limpley ? Je promis à mon amie de lui donner une réponse le lendemain. Le soir, je fis ma proposition aux Limpley. La femme resta silencieuse ; elle était habituée à ne pas donner son avis, mais Limpley acquiesça avec son enthousiasme coutumier. Oui, c'était bien la seule chose qui leur manquait encore. Une maison n'était pas une vraie maison sans un chien. Si cela n'avait tenu qu'à lui, il m'aurait contrainte, impétueux comme il l'était, à l'accompagner à Bath de nuit, et à entrer par effraction chez mon amie pour récupérer le chien. Mais comme je repoussais cette idée farfelue, il lui fallut être raisonnable. Et ce n'est que le lendemain que le jeune bouledogue leur fut apporté dans une corbeille, grognant et on ne peut plus déboussolé par ce voyage inattendu.

Le résultat s'avéra tout autre que ce que nous avions prévu. Mon intention avait été d'offrir à cette femme tranquille, qui passait toutes ses journées un peu seule, un compagnon qui meublerait le vide de sa maison. Mais ce fut Limpley lui-même qui, dans son besoin tout à fait inépuisable de tendresse, se rua sur le chien. L'enthousiasme que déchaînait chez lui le drôle de petit animal était sans limites et, comme toujours chez lui, excessif et un peu ridicule. Bien entendu Ponto – c'est ainsi qu'il fut baptisé pour une raison demeurée inconnue – était le plus beau, le plus intelligent de tous les chiens de la Terre, et chaque jour, chaque heure, Limpley lui découvrait de nouvelles splendeurs et de nouveaux talents. Tout ce qui existait comme attirail raffiné pour quadrupèdes, laisse, petite corbeille, muselière, petite écuelle, jouet, balles, petit os, fut acheté sans regarder à la dépense ; Limpley éplucha tous les articles et toutes les annonces de journaux qui expliquaient comment s'occuper d'un chien et comment le nourrir, et, désireux d'acquérir des connaissances techniques plus solides encore, il s'abonna même à une revue spécialisée ; la puissante industrie qui vit exclusivement de passionnés de chiens dans son genre gagna en lui un nouveau et infatigable client ; le moindre prétexte était bon pour déranger le vétérinaire. Il faudrait des volumes pour décrire les excès toujours plus grands que cette passion nouvelle engendra ; souvent nous entendions un aboiement violent venu de la maison voisine. Mais ce n'était pas le chien qui aboyait, c'était son maître qui, à plat ventre sur le sol, s'efforçait d'imiter le langage canin pour entraîner son protégé dans un dialogue incompréhensible à toute autre créature terrestre. La nourriture de cet animal si choyé le préoccupait plus que la sienne et il suivait scrupuleusement tous les conseils diététiques des spécialistes ; Ponto avait des repas beaucoup plus raffinés que ceux de Limpley et de sa femme, et un jour qu'il avait été fait mention d'un typhus dans le journal – dans une tout autre province, du reste – l'animal ne se vit plus proposer que de l'eau minérale ; s'il arrivait qu'une puce irrespectueuse eût l'insolence de rendre visite à l'Intouchable et de l'avilir en l'obligeant à se gratter avec la patte – recherche humiliante –, Limpley, tout excité, se chargeait lui-même de cette piteuse affaire de la chasse aux puces ; penché en bras de chemise au-dessus de la cuve contenant de l'eau stérilisée, il travaillait au peigne et à la brosse, imperturbable, jusqu'à ce que le dernier de ces hôtes indésirables eût été tué. Aucun effort ne lui semblait excessif, aucun avilissement trop honteux, et on n'aurait pas couvé enfant de roi avec plus de tendresse et de prévoyance. Le seul point positif, au milieu de toutes ces folies, était qu'en concentrant toute l'énergie de ses sentiments sur ce nouvel objet, Limpley nous soulagea, ainsi que sa femme, d'une bonne part de son impétuosité ; il partait des heures entières se promener avec son chien et lui faisait la conversation, sans que ce dernier, qui reniflait partout à la ronde, se laisse perturber, sous sa carapace de poils. Sa femme observait en souriant et sans nulle jalousie son époux s'acquitter du culte quotidien de son idole devant l'autel à quatre pattes. Elle n'y perdait qu'un trop-plein de sentiment, fâcheux et difficile à supporter, et il lui restait toujours de la tendresse en abondance. Il était donc incontestable que le nouveau venu avait, autant que possible, rendu ce mariage encore plus heureux qu'il ne l'était auparavant.

Pendant ce temps, au fil des semaines, Ponto grandit. Les plis épais de l'enfance, formés par sa peau, se remplirent d'une chair dure, ferme et musculeuse, il se transforma en un animal imposant, à la large poitrine, à la mâchoire puissante et à l'arrière-train ferme et brossé droit. Tout à fait débonnaire de nature, il commença à devenir capricieux dès qu'il prit conscience de sa position dominante dans la maison, position qui lui fit adopter une attitude fière et arrogante. Il n'avait pas fallu beaucoup de temps à cet animal intelligent et fin observateur pour constater que son maître, ou plutôt son esclave, lui passait toutes ses effronteries ; il se contenta d'abord de désobéir, mais prit bientôt des manières tyranniques et rejeta par principe tout ce qui pouvait être interprété comme de la soumission. Surtout il ne toléra aucune espèce de *privacy* dans la maison. Rien ne pouvait avoir lieu sans sa présence et, pour tout dire, sans son approbation explicite. Chaque fois qu'il y avait de la visite, il se jetait avec autorité contre la porte fermée, sans douter une seconde que Limpley, complaisant comme il l'était, bondirait pour lui ouvrir, et il s'installait alors, tout fier, sur un fauteuil, sans gratifier les invités d'un regard, pour leur démontrer que c'était lui le vrai maître de la maison, lui qu'on devait admirer et révérer en priorité. Aucun autre chien ne pouvait se hasarder ne serait-ce que le long de la palissade, cela allait de soi, et même certaines personnes, comme le facteur ou le laitier, contre lesquelles une fois il avait manifesté son aversion d'un grognement, se virent contraintes de déposer leurs paquets ou leurs bouteilles sur le pas de la porte, sans pouvoir les apporter dans la maison. Plus Limpley s'avilissait dans sa passion enfantine, plus l'insolent animal le traitait mal. Peu à peu Ponto imagina même, si invraisemblable que cela puisse paraître, tout un système pour lui faire savoir que, s'il avait la bonté de tolérer caresses et enthousiasme, il ne se sentait en aucun cas redevable de ces hommages quotidiens. Par principe, chaque fois que Limpley l'appelait, il le faisait attendre, et la dissimulation infernale de Ponto alla peu à peu si loin que, toute la journée, comme un chien de race normal, il chassait partout à la ronde, traquait les poules, se démenait dans l'eau, dévorait tout de ce qui lui tombait sous la dent et s'adonnait à son plaisir favori : dans une course rapide mais silencieuse, dévaler sournoisement, aussi explosif qu'un pétard, la prairie qui descendait au canal, pour pousser dans l'eau d'un vilain et sauvage coup de tête les paniers de linge et les cuves disposés tout au long, puis, avec un hurlement de triomphe, danser autour des femmes et des jeunes filles désespérées, qui devaient retirer leur linge de l'eau pièce après pièce. Mais dès qu'arrivait l'heure où Limpley rentrait du bureau, ce comédien retors abandonnait son attitude allègre pour adopter celle, hautaine, d'un sultan. Allongé paresseusement, et sans le moindre signe de bienvenue, il attendait son maître, qui se jetait sur lui, en s'exclamant : « Bonsoir, Ponto », avant même d'avoir embrassé sa femme ou enlevé son manteau. Ponto n'agitait même pas la queue pour lui rendre son salut. Parfois, magnanime, il se roulait sur le dos et se laissait gratter le pelage soyeux du ventre, mais même dans de tels moments de grâce, il se gardait bien de trahir par quelque respiration ou grognement d'aise le plaisir que lui procuraient ces caresses ; son serf devait voir clairement que c'était une faveur, s'il admettait de lui ce genre de tendresses. Et d'un bref grondement qui pouvait vouloir dire : « Ça suffit maintenant ! », il se retournait soudain et mettait fin au jeu. Chaque fois il se faisait prier de la même manière pour avaler les tranches de foie que Limpley lui présentait, petit morceau par petit morceau, jusque devant la gueule. Quelquefois il se contentait de les renifler et, d'un air de mépris, les laissait intactes, malgré toutes les exhortations, rien que pour faire sentir qu'il ne daignait pas toujours prendre ses repas lorsque ce valet à deux pattes les lui servait. Sollicité pour une sortie, il commençait par se tourner et s'étendre avec paresse et il bâillait d'une façon si cérémonieuse qu'on pouvait voir jusqu'au fond de sa gorge tachetée de noir ; chaque fois, il tenait à montrer d'abord par une attitude insolente que, pour sa part, peu lui importait de faire une promenade, et que s'il se levait du canapé, c'était seulement pour l'amour de Limpley. Gâté à en avoir perdu toute vergogne, il recourait à cent ruses du même acabit pour contraindre son maître à occuper en permanence devant lui la position du mendiant, du quémandeur ; à vrai dire, c'est devant la passion servile de Limpley qu'on pensait à un chien, plutôt que devant le comportement de l'impertinent animal, qui, grand comédien, endossait à la perfection le rôle du pacha oriental.

Mon mari et moi ne pouvions plus ni l'un ni l'autre supporter les effronteries de ce tyran. Intelligent comme il l'était, Ponto ne tarda pas à remarquer notre attitude irrévérencieuse à son égard et il s'attacha désormais, de son côté, à nous faire sentir son mépris de la façon la plus grossière. Il avait du caractère, c'était indéniable ; du jour où notre bonne, comme il avait laissé une trace indubitable de son passage dans un parterre de roses, le chassa avec énergie de notre jardin, il cessa de se faufiler à travers la haie épaisse qui formait la frontière pacifique entre nos deux terrains et se refusa même, malgré les exhortations et les prières de Limpley, à fouler notre seuil. Nous renonçâmes à ses visites sans déplaisir ; ce qui était plus pénible en revanche, c'est que lorsque nous rencontrions Limpley, en sa compagnie, dans la rue ou devant chez nous, et que cet homme débonnaire et bavard se mettait à nous parler, l'animal tyrannique empêchait par son comportement provocateur que la conversation entre amis ne se prolonge. Au bout de deux minutes, il commençait à glapir ou à grogner de colère et il fonçait la tête la première dans les jambes de Limpley, ce qui signifiait sans ambiguïté : « Il est temps d'y aller ! Ne discute pas avec des gens aussi répugnants. » Et j'ai honte de le raconter, mais, chaque fois, Limpley devenait nerveux. Il essayait d'abord de calmer le malotru : « Tout de suite, tout de suite ! On y va ! », mais le tyran ne s'en laissait pas conter, et son pauvre esclave prenait donc – un peu honteux et confus – congé de nous. Et, l'arrière-train fièrement dressé, jouissant avec ostentation de nous avoir montré toute l'étendue de son pouvoir, l'orgueilleux animal s'éloignait en trottant ; je ne suis pas d'un naturel violent, mais dans ces moments-là la main me démangeait de prendre un fouet pour corriger une fois, rien qu'une fois, cette canaille trop gâtée.

C'est ainsi que Ponto, un simple chien, avait réussi à refroidir nettement nos relations jadis si amicales. Limpley souffrait à l'évidence de ne plus pouvoir comme autrefois surgir chez nous à tout moment ; sa femme, de son côté, était mal à l'aise parce qu'elle sentait combien l'attitude servile de son mari le rendait ridicule à nos yeux. Ces petites chamailleries se prolongèrent une année de plus, au cours de laquelle l'animal devint, si tant est que cela soit possible, encore plus insolent, plus despotique et surtout encore plus raffiné dans l'art d'humilier Limpley, jusqu'à ce qu'un jour se produisît un changement qui surprit tous les protagonistes, d'une façon agréable pour les uns, mais tragique pour le principal d'entre eux. Je n'avais pas pu m'empêcher de raconter à mon mari que depuis deux ou trois semaines Mme Limpley évitait avec une crainte visible toute conversation un peu prolongée. En bonnes voisines, nous avions l'habitude de nous prêter des objets à l'occasion, ce qui donnait lieu chaque fois à une discussion plaisante, car j'aimais vraiment du fond du cœur cette femme humble et paisible. Mais depuis peu je remarquais qu'elle avait beaucoup de mal à m'approcher ; elle préférait envoyer sa bonne, lorsqu'elle avait besoin de quelque chose, et si je lui adressais la parole, elle ne parvenait pas à cacher sa gêne et ne me regardait pas dans les yeux. Mon mari, qui avait pour elle une inclination particulière, me persuada de lui rendre tout simplement visite et de lui demander de but en blanc si par mégarde nous ne l'avions pas blessée d'une façon ou d'une autre. « On ne doit pas laisser s'installer ce genre de petites fâcheries entre voisins. Et peut-être est-ce exactement le contraire de ce que tu crains, peut-être – et c'est ce que je crois – veut-elle te demander quelque chose et n'en a-t-elle juste pas le courage. » Je pris son conseil au pied de la lettre. Je me rendis chez elle et la trouvai sur le siège du jardin si perdue dans sa rêverie qu'elle ne m'entendit même pas arriver. Je posai ma main sur son épaule et lui dis tout de go : « Madame Limpley, je suis une femme âgée, je ne m'embarrasse plus de timidité. Laissez-moi faire le premier pas. Si nous vous avons contrariée d'une façon ou d'une autre, dites-le-moi ouvertement. » La pauvre petite femme tressaillit, tout effrayée. Comment avais-je pu m'imaginer cela ! Si elle n'était pas venue, c'était juste que… Elle rougit au lieu de poursuivre et se mit à sangloter, mais c'était, si je puis dire, de bons sanglots, des sanglots de joie. Elle finit par tout m'avouer. Après neuf ans de mariage elle avait depuis longtemps abandonné tout espoir de devenir mère, et même ces dernières semaines, alors que ses soupçons se confirmaient – l'inespéré pouvait arriver –, elle n'avait pas eu le courage d'y croire. L'avant-veille elle était allée consulter le médecin en cachette et désormais elle en était certaine. Mais elle ne s'était pas encore résolue à en aviser son mari, « je le connais bien, je sais comme il est » ; elle avait presque peur de l'exubérance de sa joie. Ne serait-il pas mieux – elle n'avait pas eu le courage de nous le demander – que nous nous chargions de le préparer un peu ? Je m'y déclarai toute disposée ; cela faisait très plaisir à mon mari et il mena exprès l'affaire d'une façon particulièrement divertissante. Il laissa un billet à Limpley où il le priait de passer nous voir dès qu'il serait de retour de son travail. Et bien entendu, le brave garçon, dans son zèle magnifique, se précipita chez nous, sans même prendre ne serait-ce que le temps de retirer son manteau. Il était inquiet, à l'évidence, que quelque chose ne nous soit arrivé, et d'un autre côté très heureux de pouvoir montrer sa prévenance amicale – je dirais presque : de pouvoir lui donner libre cours. Il se tenait devant nous hors d'haleine. Mon mari l'invita à s'asseoir à la table. Cette solennité inhabituelle l'inquiéta et, de nouveau, il ne sut plus que faire de ses énormes mains couvertes de taches de rousseur.

« Limpley », commença à dire mon mari, « j'ai pensé à vous hier soir en lisant dans un vieux livre qu'un homme ne devait pas souhaiter trop de choses, mais seulement une seule, une unique. Je me dis alors : quel serait par exemple le vœu de notre bon voisin, si un ange ou une fée ou l'un de ces êtres aimables lui demandait : Limpley, que te manque-t-il encore au juste ? Je ne t'accorde qu'un seul souhait. »

Limpley leva vers nous des yeux ébahis. L'affaire le distrayait, mais il ne s'abandonnait pas tout à fait à cette distraction. Il conservait le sentiment inquiet que derrière cette assignation solennelle se cachait quelque chose de spécial.

« Eh bien, Limpley, considérez-moi comme cette aimable fée », dit mon mari pour le tirer de sa stupeur. « N'avez-vous absolument aucun souhait ? »

Limpley, mi-sérieux, mi-rieur, passa sa main dans ses cheveux roux coupés court.

« À vrai dire absolument aucun », finit-il par avouer. « C'est que j'ai tout ce que je désire, ma maison, ma femme, un emploi sûr, mon… » – je remarquai qu'il voulait dire : mon chien, mais au dernier moment il sentit tout de même que c'était inapproprié – « … oui, j'ai vraiment tout. »

« Pas de souhait donc à adresser à l'ange ou la fée ? »

Limpley se tranquillisa. Cela le comblait de bonheur d'avoir l'occasion d'exprimer sa complète satisfaction. « Non, absolument aucun. »

« Dommage », dit mon mari. « Vraiment dommage, qu'absolument aucune idée ne vous vienne », et il se tut.

Limpley commença à se sentir mal à l'aise sous son regard inquisiteur. Il crut bon de devoir se justifier.

« Un peu plus d'argent ne serait pas de refus, bien sûr… une petite promotion… mais, comme je le disais, je suis satisfait… je ne vois pas ce que je pourrais souhaiter d'autre. »

« Pauvre ange », dit mon mari avec une solennité feinte. « Il lui faudra donc s'en retourner les mains vides, parce que Mr. Limpley ne sait pas ce qu'il pourrait souhaiter de plus. Eh bien, heureusement il n'est pas parti tout de suite, ce bon ange si serviable, pas avant d'avoir interrogé Mrs. Limpley, et il semble qu'il ait eu plus de chance auprès d'elle. »

Limpley était stupéfait. Les yeux embués et la

bouche à demi ouverte, ce brave homme avait l'air un peu benêt. Mais il se ressaisit et dit, presque en colère – il n'arrivait pas à comprendre que quelqu'un qui lui était attaché puisse ne pas être pleinement satisfait : « Ma femme ? Que peut-elle bien encore souhaiter ? »

« Eh bien – peut-être autre chose qu'un chien. »

Limpley comprit. Ce fut comme un coup de tonnerre : frappé par le bonheur, il leva, malgré lui, si haut les yeux au ciel qu'on en vit le blanc. Il se redressa d'un bond et, sans prendre son manteau ni s'excuser auprès de nous, courut chez lui faire irruption comme un forcené dans la chambre de sa femme.

Cela nous fit rire, mais ne nous étonna pas. Connaissant son impétuosité légendaire, nous n'en attendions pas moins de lui.

Mais quelqu'un s'en étonna. Quelqu'un qui était allongé paresseusement sur le canapé, les yeux brillants à demi fermés, attendant la révérence que son maître, à cette heure du soir, lui devait ou était censé lui devoir : le bien brossé et despotique Ponto. Mais que se passait-il ? Voilà que, sans le saluer, sans le cajoler, l'homme passait devant lui et se précipitait dans la chambre, et il entendait des rires, des pleurs, des voix et des sanglots, et cela durait, durait, sans que personne s'occupe de lui, à qui tout de même revenait, de droit et d'usage, le premier salut tendre. Une heure s'écoula. La bonne lui apporta le plat qui contenait son repas. Ponto, par mépris, n'y toucha pas. Il avait l'habitude qu'on le presse, qu'on le supplie de se nourrir. Il grogna contre la bonne d'un air mauvais. Il fallait qu'on vît qu'on ne pouvait le traiter avec une telle indifférence. Mais, en ce soir d'exaltation, personne ne remarqua qu'il dédaignait son repas. Il était oublié et le resta. Pas un moment Limpley ne cessa de parler à sa femme, il l'accabla d'instructions angoissées et de prévenances ; dans son bonheur débordant, il n'eut pas un regard pour Ponto, et l'orgueilleux animal était, de son côté, trop fier pour se rappeler à son souvenir et se montrer insistant. Il resta accroupi dans son coin à attendre, il ne pouvait s'agir que d'un malentendu, d'une négligence exceptionnelle encore qu'à peine excusable. Mais il attendit en vain. Le lendemain matin à nouveau, Limpley, qui avait failli manquer son autobus à force d'exhorter la jeune femme à se ménager, passa en trombe près de lui sans un salut.

Nul doute que l'animal était intelligent. Mais ce changement soudain dépassa son entendement. Je me tenais par hasard à ma fenêtre au moment où Limpley montait dans l'autobus et je vis, aussitôt celui-ci disparu, Ponto se glisser tout prudent – et je dirais presque : pensif – hors de la maison pour suivre du regard le véhicule qui s'éloignait. Il demeura ainsi immobile une demi-heure – il espérait de toute évidence que son maître reviendrait lui dire au revoir, et réparerait ainsi son oubli. Puis il revint doucement sur ses pas. Il ne joua, il ne folâtra pas de toute la journée, il se contenta de raser les murs de la maison, lent et songeur ; peut-être – qui sait de quelle manière et dans quelle mesure des séries de représentations peuvent se former dans un cerveau animal ? – rumina-t-il pour savoir si, d'aventure, il n'avait pas commis une maladresse qui lui aurait valu cette incompréhensible suspension des hommages habituels. Vers le soir, une demi-heure environ avant le moment où Limpley avait coutume de rentrer, il manifesta une nervosité croissante ; il se faufilait sans cesse, les oreilles rentrées, jusqu'à la palissade, afin d'apercevoir l'autobus à temps. Mais, bien entendu, il se garda de montrer l'impatience avec laquelle il avait attendu : dès qu'à l'heure habituelle l'autobus fut en vue, il retourna à toute vitesse dans la maison s'allonger, comme à l'ordinaire, sur le canapé, et attendit.

Mais une nouvelle fois il attendit en vain. Une nouvelle fois, Limpley passa en hâte devant lui, et il en fut dès lors tous les jours ainsi. À une ou deux reprises, en l'apercevant, Limpley lui adressa un fugace « Ah, tu es là, Ponto » et le frôla au passage. Mais ce n'était qu'une caresse indifférente, bâclée. Le chevalier servant de jadis avait disparu, il n'y avait plus de mot tendre, de jeu, de promenade, plus rien, plus rien, plus rien.

De cette indifférence douloureuse, il était difficile de faire grief à Limpley, qui était la bonté même. Car, de fait, il n'avait plus d'autres pensées, plus d'autres soucis que sa femme. À peine rentré, il l'accompagnait dans tous ses trajets, et, lors de promenades établies avec minutie, la prenait par le bras avec sollicitude dans l'unique but de prévenir un pas trop hâtif ou trop imprudent ; il surveillait ce qu'elle mangeait et se fit établir par la bonne un compte-rendu exact de chaque heure de la journée. Tard dans la nuit, quand elle était allée se reposer, il venait presque toujours chez nous pour obtenir de moi, la femme d'expérience, conseil et réconfort ; il achetait déjà tout l'attirail de l'enfant à naître dans les grands magasins, et tout cela il le faisait dans un état d'affairement et d'excitation ininterrompus. Sa propre existence passa complètement au second plan, il oubliait parfois de se raser pendant deux jours, et à plusieurs reprises il arriva en retard à son travail parce que à force de donner des conseils à n'en plus finir il avait raté l'autobus. Ce n'était donc pas du tout méchanceté ou infidélité conscientes de sa part s'il oubliait d'emmener Ponto en promenade ou de s'occuper de lui ; ce n'était que la confusion d'un homme très passionné et comme prédisposé à la monomanie, qui, de tous ses sens, toutes ses pensées et tous ses sentiments, se vouait à corps perdu à une seule chose. Mais si les hommes déjà sont à peine capables, malgré leur entendement qui anticipe et évalue avec logique, de pardonner sans rancœur qu'on les néglige, comment l'animal obtus l'aurait-il pu ? Au fil des semaines, Ponto s'inquiéta et s'irrita de plus en plus. Son amour-propre ne supportait pas qu'on pût vivre si facilement comme si lui, le seigneur de la maison, n'existait pas et qu'on l'eût relégué au rang de personnage secondaire. S'il avait été doté de raison il se serait pressé, suppliant et cajoleur, autour de Limpley ; son ancien bienfaiteur se serait alors certainement rendu compte de sa négligence. Mais Ponto était encore trop fier pour ramper. Ce n'était pas à lui, mais à son maître de faire le premier pas. Il décida donc d'user de toutes sortes d'artifices pour attirer l'attention sur lui. Au bout de deux semaines, il se mit soudain à boiter et à traîner sa patte arrière gauche comme si elle était paralysée. En temps normal, Limpley l'aurait aussitôt examiné avec tendresse et fébrilité, pour savoir si d'aventure il n'avait pas marché sur une épine. Il l'aurait plaint et aurait appelé le vétérinaire en urgence, il se serait sans aucun doute relevé trois, quatre fois par nuit pour voir comment il se portait. Cette fois, en revanche, ni lui ni qui que ce soit d'autre dans la maison ne prit garde à sa claudication de comédien, et il ne resta plus à Ponto qu'à y mettre fin, amer. Il revint à la charge quelques semaines plus tard en faisant la grève de la faim. Deux jours durant, héroïque, il ne toucha pas à ses repas. Mais personne ne se soucia qu'il eût mauvais appétit, alors que d'ordinaire si, dans un accès de tyrannie, il n'avait pas lapé sa petite soupe jusqu'à la dernière cuillerée, Limpley lui aurait promptement apporté des biscuits spéciaux ou une tranche de saucisson. La faim animale finit par vaincre sa volonté, il escamota son repas avec mauvaise conscience, et sans s'en lécher les babines. Une autre fois il tenta d'attirer l'attention sur lui en se cachant une journée entière. Il était allé avec précaution se tapir quelque part à proximité, dans la vieille remise à bois désaffectée, d'où il pourrait entendre avec satisfaction l'appel inquiet « Ponto ! Ponto ! ». Mais personne n'appela, personne ne remarqua ou ne s'émut de son absence. Sa tyrannie était brisée. Il était déchu, avili, oublié et n'en soupçonnait pas même la raison.

Je crois que je fus la première à remarquer le changement qui commença à s'opérer ces semaines-là chez le chien. Il maigrit, il adopta une démarche différente. Au lieu de se pavaner avec insolence comme naguère, l'arrière-train dressé, il rôdait comme s'il avait été battu, son pelage, jadis brossé chaque jour avec le plus grand soin, perdit son éclat soyeux. Quand on le croisait, il baissait la tête afin qu'on ne puisse pas voir ses yeux et il passait en hâte devant nous sans s'arrêter. Mais bien qu'on l'eût avili lamentablement, son ancienne fierté n'était toujours pas brisée ; il continuait à avoir honte devant nous, et la fureur qui l'habitait ne trouvait qu'un seul moyen de se défouler : redoubler les attaques contre les corbeilles de linge. En l'espace d'une semaine il n'en poussa pas moins de trois dans le canal, afin de montrer avec brutalité qu'il était toujours là et qu'on devait le respecter. Mais même cela ne lui servit à rien, en dehors du fait que les bonnes, excédées, menacèrent de le rosser. Toutes ses menées et ses artifices, son jeûne, sa claudication, sa disparition, son espionnage, se révélèrent inutiles – et c'est en vain qu'il creusait sa lourde tête carrée : quelque chose de mystérieux avait dû arriver ce jour-là, quelque chose qu'il ne comprenait pas. Il y avait eu un changement irrémédiable dans la maison et chez tous ses occupants, et Ponto reconnut en désespoir de cause qu'il était impuissant face au phénomène sournois qui s'y produisait ou s'y était produit. Pas de doute : quelqu'un se dressait face à lui, une puissance inconnue et maléfique. Lui, Ponto, avait un ennemi. Un ennemi qui était plus puissant que lui, et cet ennemi était invisible, insaisissable. On ne pouvait pas l'agripper, le déchiqueter, lui briser les os avec ses dents, à cet adversaire fourbe, lâche et vicieux, qui lui avait pris tout son pouvoir dans la maison. Dans ces conditions, renifler à toutes les portes, espionner, être aux aguets les oreilles dressées, ruminer, observer ne servait à rien, il était et restait invisible, cet ennemi, ce diable, ce voleur. Tel un dément, Ponto passa son temps, au cours de ces semaines, à rôder autour de la palissade pour découvrir une trace de cet être invisible, de ce diable, mais la seule chose que ses sens en émoi lui permirent de deviner c'est que, dans la maison, quelque chose se préparait, qu'il ne comprenait pas et qui concernait nécessairement son ennemi juré. Tout d'abord, voilà qu'était apparue soudain une femme âgée – la mère de Mme Limpley – et la nuit elle dormait sur le canapé de la salle à manger, *son* canapé *à lui*, sur lequel, en temps normal, il avait l'habitude de paresser quand il ne se sentait pas à son aise dans son grand panier bien rembourré. Puis furent apportés aussi – mais pourquoi ? – tout un tas d'objets, du linge et des paquets, on sonnait sans arrêt à la porte, et à plusieurs reprises se présenta un homme à lunettes, vêtu de noir, qui avait une odeur abominable, une odeur âpre de teintures, sans rien d'humain. La porte qui menait à la chambre de la femme s'ouvrait et se refermait sans cesse et, derrière, on n'arrêtait pas de chuchoter, à moins que, de concert, les femmes n'y fissent tinter leurs instruments de couture. Qu'est-ce que tout cela pouvait bien signifier, et pourquoi était-il exclu, privé de ses droits ? À force de ruminations continuelles, le regard de Ponto se figea peu à peu et devint presque vitreux ; ce qui distingue l'entendement animal de l'entendement humain, c'est qu'il se limite exclusivement au passé et au présent et n'est pas capable d'imaginer ou d'évaluer l'avenir. Et là – cet animal obtus le ressentait avec tous les tourments du désespoir – quelque chose était en train d'advenir, de se produire, qui allait à son encontre et qu'il ne pouvait néanmoins ni éviter, ni combattre.

Cela dura en tout six mois avant que le fier, l'impérieux, le trop dorloté Ponto, épuisé par ce vain combat, ne capitulât humblement, et curieusement ce fut devant moi qu'il mit bas les armes. Ce soir d'été-là, tandis que mon mari faisait une réussite dans la chambre, j'étais restée un peu assise dans le jardin ; tout d'un coup je sentis quelque chose de chaud se blottir, tout doux et tout tremblant, contre mon genou. C'était Ponto qui dans son orgueil blessé n'avait pas remis les pieds depuis six mois dans notre jardin et qui, désemparé, cherchait maintenant un refuge auprès de moi. Les semaines précédentes, alors que tous les autres le négligeaient, il avait dû m'arriver de l'appeler ou de le caresser une fois en passant, si bien que, parvenu au dernier degré du désespoir, il s'était souvenu de moi, et je n'oublierai jamais les yeux implorants, insistants, qu'il dirigeait vers moi. Le regard d'un animal, en cas de détresse extrême, peut devenir beaucoup plus émouvant, j'aimerais presque dire beaucoup plus éloquent, que celui d'un être humain, car nous confions aux mots, ces intercesseurs, l'essentiel de nos sentiments, de nos pensées, tandis que l'animal, qui ne maîtrise pas la parole, est obligé de concentrer toute son expression dans sa pupille – jamais je n'ai vu désarroi aussi bouleversant et aussi désespéré qu'à ce moment-là dans le regard indescriptible de Ponto, alors que ses pattes grattaient le bas de ma jupe comme pour demander l'aumône. Il me suppliait, je le compris et en fus ébranlée : « Explique-moi donc ce qu'a mon maître, qu'ont-ils tous contre moi ? Qu'est-ce qui se manigance là-bas, dans la maison ? Aide-moi, dis-moi : que dois-je faire ? » Je ne savais vraiment pas comment réagir à cette prière bouleversante. Je ne pus m'empêcher de le caresser et de lui murmurer à mi-voix : « Mon pauvre Ponto, tu as fait ton temps. Il va falloir t'y habituer comme il nous faut nous habituer à beaucoup de choses graves. » Ponto dressa les oreilles à ces mots, les plis de son front se contractèrent, douloureux, comme s'il cherchait à deviner le sens profond de mes paroles. Puis il gratta nerveusement de sa patte, c'était un geste insistant, impatient qui signifiait quelque chose comme : « Je ne te comprends pas. Explique-moi ! Aide-moi ! » Je savais bien que je ne pouvais lui être d'aucun secours et le caressais, encore et encore, afin de l'apaiser. Mais au plus profond de lui-même, il sentait que je ne pourrais lui prodiguer aucun réconfort. Il se releva en silence et disparut sans se retourner, aussi discrètement qu'il était arrivé.

Toute une journée et toute une nuit Ponto demeura introuvable ; s'il s'était agi d'un être humain, j'aurais craint un suicide. Il ne reparut que le lendemain soir, sale, affamé, farouche et couvert de morsures ; dans sa rage impuissante, il avait dû assaillir quelque part un autre chien. Mais une nouvelle humiliation l'attendait. La bonne ne le laissa même pas entrer à l'intérieur et lui apporta son écuelle sur le pas de la porte, sans plus d'égards. Cette offense grossière était due à des circonstances particulières, car à ce moment précis la femme était en train d'accoucher et la maison était remplie de gens affairés. Limpley se tenait là, déboussolé, le visage rubicond et tremblant d'excitation, la sage-femme courait en tous sens, assistée du médecin, la mère assise à côté du lit réconfortait sa fille, et la bonne était débordée. Même moi, j'étais venue et j'attendais dans la salle à manger, afin de me rendre utile en cas de besoin, et la présence de Ponto n'aurait donc signifié en effet qu'un dérangement fâcheux. Mais comment, avec son obtus cerveau de chien, aurait-il pu concevoir cela ? L'animal, à cran, ne comprenait qu'une chose, c'est que pour la première fois il avait été chassé de la maison – de sa maison – comme un étranger, comme un mendiant, comme un importun, et qu'on le tenait sournoisement éloigné de quelque chose d'important qui se déroulait là, derrière cette porte fermée. Sa fureur était indescriptible, et il faisait craquer sous ses dents puissantes les os qu'on lui avait lancés, comme s'il s'agissait de la nuque de son ennemi invisible. Puis il se mit à renifler partout à la ronde ; ses sens aiguisés percevaient que des étrangers avaient pénétré dans la maison – dans sa maison –, il flaira sur le carrelage la trace, qu'il connaissait déjà, de cet homme à lunettes, vêtu de noir, qu'il haïssait. Mais il y en avait encore d'autres qui étaient ligués avec lui, et que faisaient-ils à l'intérieur ? L'animal, à cran, écoutait, les pointes des oreilles dressées. Collé contre le mur, il entendit des intonations plus ou moins hautes, des gémissements, des cris, puis des clapotis, des pas précipités, des objets qu'on déplaçait, le cliquetis du verre contre le métal – quelque chose, quelque chose se passait à l'intérieur, qu'il ne comprenait pas. Mais, d'instinct, il sentit que c'était cela qui s'opposait à lui. C'était cela qui était responsable de son avilissement, de sa déchéance – c'était l'ennemi, l'ennemi invisible, infâme, lâche, fourbe, et voilà qu'il était ici. Voilà qu'il était visible, voilà qu'on pouvait l'attraper et lui rompre les vertèbres comme il le méritait. Les muscles tendus et tremblants d'excitation, le puissant animal se ramassa sur lui-même à côté de la porte d'entrée, afin de fondre à l'intérieur aussitôt qu'elle s'ouvrirait. Cette fois, il ne lui échapperait pas, l'ennemi sournois, l'usurpateur de ses droits et privilèges, l'assassin de sa quiétude !

De tout cela, nous n'avions aucune idée dans la maison. Nous étions trop excités et trop occupés. Je devais – et ce n'était pas une mince affaire – calmer et réconforter Limpley, à qui le médecin et la sage-femme avaient interdit l'accès à la chambre ; dans son immense altruisme, il souffrit, pendant ces deux heures d'attente, peut-être davantage que l'accouchée. La bonne nouvelle finit par arriver, et au bout d'un moment notre homme, vacillant de joie et de peur, fut introduit avec précaution dans la chambre, pour voir son enfant – une fille, comme l'avait déjà annoncé la sage-femme – et la mère. Il y resta longtemps et la belle-mère et moi, qui avions déjà vécu de tels moments, laissées seules, échangeâmes pendant ce temps de longs souvenirs, en toute amitié. La porte s'ouvrit enfin et Limpley apparut, suivi du médecin. Il portait l'enfant enveloppée dans un linge, afin de nous la montrer fièrement, et il la portait comme un prêtre porte l'ostensoir ; son large visage, brave et un peu naïf, était presque beau, illuminé par l'éclat du bonheur. Sur ses joues coulaient, irrépressibles, des larmes qu'il ne pouvait pas sécher car ses deux mains étaient occupées à tenir l'enfant, cet objet fragile et d'un prix indicible. Pendant ce temps, le médecin derrière lui, habitué à ce genre de scène, mit son manteau. « Mon travail ici est terminé », dit-il en riant, puis il salua et se dirigea, sans penser à mal, vers la porte.

Mais à la seconde précise où, sans se douter de rien, le médecin ouvrit cette porte, quelque chose passa en trombe le long de ses jambes, quelque chose qui était resté tapi là, les muscles tendus, et déjà, Ponto était au milieu de la pièce et la remplissait de ses hurlements furieux. Il avait vu tout de suite que Limpley tenait, et avec tendresse, un nouvel objet qu'il ne connaissait pas, quelque chose de petit, de rouge et de vivant, qui glapissait comme un chat et sentait l'humain – ah ! c'était l'ennemi, l'ennemi longtemps recherché, qui se cachait, se terrait, le voleur de sa puissance, l'assassin de sa quiétude ! Le déchiqueter ! le dépecer ! Et il bondit sur Limpley, toutes dents dehors, pour lui arracher l'enfant. Je crois que nous n'eûmes tous qu'un seul et même cri, car le bond du puissant animal fut si brusque et fougueux que la violence du choc fit vaciller et tomber contre le mur cet homme lourd et robuste. Mais au dernier moment il avait eu le réflexe de soulever le linge dans lequel l'enfant était emmitouflée, afin qu'il ne lui arrivât rien, et, d'un geste rapide, je m'en étais saisi, avant qu'il ne s'affaissât. Le chien se jeta aussitôt sur moi. Heureusement le médecin qui, à nos cris stridents, était revenu à toute allure sur ses pas, eut la présence d'esprit de lancer un lourd fauteuil contre l'animal furieux, aux yeux injectés de sang et à la bouche écumante, si bien qu'on entendit ses os craquer. Ponto poussa un hurlement de douleur et battit un instant en retraite, mais dans sa frénésie ce ne fut que pour m'assaillir aussitôt de plus belle. Néanmoins, ce seul instant avait suffi à Limpley pour se remettre de sa chute et, mû par une colère terrible, qui n'avait d'équivalent que celle de son chien, se précipiter sur l'animal. Un combat effroyable s'engagea. Limpley, large, lourd et vigoureux, s'était jeté sur Ponto de tout son poids afin de l'étrangler de ses mains puissantes, et tous deux se roulaient sur le sol comme une seule et même masse en lutte. Ponto essayait de respirer et Limpley l'étranglait, le genou appuyé sur la poitrine de l'animal, lequel se dérobait sans cesse à cette étreinte de fer ; nous autres, les vieilles dames, nous enfuîmes dans la chambre d'à côté pour protéger l'enfant, tandis que le médecin et la bonne se précipitaient eux aussi sur le furieux animal. Ils frappèrent Ponto avec tout ce qui leur passa sous la main, on entendit cliqueter et craquer du bois, des verres, ils se mirent à trois pour lui assener des coups de poing et le fouler aux pieds, jusqu'à ce que son hurlement formidable se fût mué en un râle haletant ; l'animal exténué, et qui ne respirait plus que faiblement et par à-coups, finit par avoir les pattes de devant et de derrière ficelées, au moyen de sa propre laisse de cuir et de cordes, par le médecin, la bonne et mon mari, que le vacarme avait fait accourir, et par être bâillonné avec une nappe arrachée à la table. Mis complètement hors d'état de nuire et à moitié abruti, il fut ensuite traîné hors de la chambre. On le jeta comme un sac sur le pas de la porte, puis le médecin s'empressa de revenir aider.

Entre-temps, Limpley, qui vacillait comme un ivrogne, avait titubé jusqu'à l'autre pièce, pour voir comment allait l'enfant. Elle était indemne et le fixait de ses petits yeux ensommeillés. La femme, que le tumulte avait sortie de sa léthargie, était elle aussi hors de danger ; avec peine mais tendrement, elle tourna un visage blême vers son époux, qui lui caressa la main. Ce n'est qu'alors qu'il put penser à lui. Il avait un aspect épouvantable, le visage blanc avec des yeux de fou, le col arraché, les habits froissés et couverts de poussière ; nous nous aperçûmes avec effroi que, de sa manche droite en lambeaux, du sang avait coulé et goutté sur le carrelage. Lui-même, dans son courroux, ne s'était pas rendu compte que l'animal qu'il étranglait, ne sachant plus que faire pour se défendre, l'avait mordu profondément à deux reprises ; on le déshabilla et le médecin se hâta de lui mettre un pansement. Sur ce la bonne apporta un brandy, car, épuisé par toute cette excitation et l'hémorragie, Limpley était tout près de s'évanouir, et nous eûmes du mal à le coucher sur le canapé ; lui qui ne s'était pas vraiment reposé les deux dernières nuits à cause de son attente fébrile, tomba dans un sommeil profond.

Pendant ce temps, nous réfléchîmes à ce qu'il fallait faire de Ponto. « L'abattre », s'exclama mon mari, qui voulut passer chez nous prendre son revolver. Mais le médecin expliqua que c'était son devoir d'emmener l'animal se faire examiner sans perdre une minute, afin d'établir à partir de sa salive s'il n'avait pas la rage, parce que dans ce cas la morsure de Limpley aurait encore exigé des mesures particulières de prudence ; il voulait sur-le-champ embarquer Ponto dans sa voiture. Nous sortîmes tous prêter main-forte au médecin. Devant la porte gisait – un regard que je n'oublierai jamais – l'animal, hors d'état de nuire dans ses entraves ; dès qu'il nous entendit arriver, il roula violemment des yeux injectés de sang, comme s'il voulait les faire bondir hors de ses paupières. Il grinça des dents, s'étrangla et déglutit pour se débarrasser de son bâillon, le vomir, tandis que ses muscles se tendaient comme des cordes : tout son corps arqué vibrait d'un même tremblement convulsif ; je dois avouer franchement que, bien que nous le sûmes attaché, les uns comme les autres nous hésitâmes à nous saisir de lui ; jamais dans ma vie je n'avais vu quelque chose de semblable à cette colère accumulée, chargée de tous les instincts mauvais, jamais je n'avais vu autant de haine dans l'œil d'un être vivant que dans ce regard injecté et avide de sang. Et je fus saisie d'effroi : et si mon mari avait eu raison quand il proposait d'abattre l'animal ? Mais le médecin tenait à le transporter sur-le-champ, et l'animal ficelé fut donc traîné jusqu'à la voiture et emporté en dépit de sa résistance impuissante.

Après ce départ peu glorieux, Ponto disparut pour un bon moment de notre existence. Mon mari apprit que l'observation de plusieurs jours au service de dépistage de la rage n'avait pas donné le moindre signe de la présence du virus, et comme un retour sur les lieux de ses méfaits était exclu, on avait offert Ponto à un boucher de Bath qui était à la recherche d'un bouledogue robuste. Nous cessâmes de penser à lui, et même Limpley, qui n'avait dû porter le bras en écharpe que deux ou trois jours, l'oublia tout à fait ; à partir du moment où sa femme fut remise de ses couches, sa passion et ses soins se concentrèrent entièrement sur la minuscule petite fille, et je n'ai guère besoin de préciser qu'ils se manifestèrent d'une façon aussi fanatique, aussi excessive que du temps de Ponto, et, si tant est que ce soit possible, plus folle encore. Cet homme lourd et puissant s'agenouillait devant le petit landau de son enfant, comme dans les tableaux des anciens maîtres italiens les trois Rois mages devant la crèche ; chaque jour, chaque heure, chaque minute, il découvrait de nouvelles splendeurs à la petite créature rose – d'ailleurs charmante. Avec le calme et la simplicité qui la caractérisaient, sa femme souriait à ces adorations paternelles, les trouvant bien plus agréables qu'auparavant le culte insensé rendu à l'arrogant quadrupède, et ce fut aussi pour nous une époque heureuse, car, quand règne un bonheur parfait et sans nuage dans votre voisinage, il jette automatiquement une lumière bienfaisante autour de votre propre maison.

Comme je l'ai dit, nous avions déjà tous complètement oublié Ponto, lorsqu'un soir, il se rappela à moi, d'une manière surprenante. J'étais rentrée avec mon époux, tard dans la nuit, de Londres, où nous avions assisté à un concert de Bruno Walter, et je n'arrivais pas à m'endormir, sans savoir pourquoi. Étaient-ce les mélodies entêtantes de la *Symphonie Jupiter*, que je m'efforçais malgré moi de retrouver, était-ce l'éblouissant clair de lune de cette douce nuit d'été ? Je me levai – il devait être au moins deux heures du matin – et regardai au-dehors. La lune voguait haut dans le ciel, force sereine, comme poussée par un vent invisible à travers un corridor de nuages qu'éclairait sa lumière argentée, et chaque fois qu'elle surgissait, pure et opalescente, tout le jardin s'illuminait comme drapé de neige. Tout était calme et silencieux ; j'avais le sentiment que le moindre mouvement de feuille ne m'aurait pas échappé. C'est pourquoi je fus presque effrayée lorsque soudain je remarquai que dans cette tranquillité absolue il y avait, le long de la haie qui séparait nos deux jardins, quelque chose qui se mouvait sans bruit, quelque chose de noir, qui se dessinait, souple et nerveux, sur le gazon illuminé. Je ne pus m'empêcher de le suivre des yeux. Ce n'était pas un être, ce n'était rien de vivant, rien de corporel, ce qui se mouvait nerveusement là-bas. C'était une ombre. Rien qu'une ombre. Mais ce ne pouvait être que l'ombre d'un être vivant qui, caché par la haie, se faufilait avec prudence, l'ombre d'un être humain ou d'un animal. Je m'exprime mal sans doute, mais cette approche furtive, dissimulée et silencieuse, avait quelque chose d'inquiétant ; je pensai d'abord – comme les femmes sont toujours craintives – à un cambrioleur ou à un assassin, et mon cœur se mit à battre la chamade. Mais voilà que l'ombre avait passé la haie du jardin, était montée jusqu'à la terrasse où commençait la palissade et que, le long des planches, glissait à présent, curieusement recroquevillée, la créature elle-même, qui précédait son ombre – c'était un chien, et je le reconnus tout de suite ; c'était Ponto. Lent, prudent et, de toute évidence, prêt à déguerpir au premier bruit, Ponto rôdait le long de la maison de Limpley ; on aurait dit – je ne sais pas pourquoi cette pensée me traversa tel un éclair – qu'il voulait reconnaître le terrain, car ce n'était pas du tout l'exploration libre et enjouée d'un chien qui suit une piste ; il se comportait comme quelqu'un qui fait quelque chose d'interdit ou prépare un mauvais coup. Ainsi, on ne le voyait pas flairer le sol avec son museau, ni courir, les muscles déployés, mais progresser, pouce après pouce, presque aplati contre terre, afin de se camoufler, comme un chien de chasse s'approche de sa proie. Ce fut plus fort que moi, je me penchai pour mieux l'observer. Mais je dus, ce faisant, effleurer la fenêtre par maladresse et faire un léger bruit, car, d'un bond feutré, Ponto disparut dans l'obscurité. C'était comme si tout cela n'avait été qu'un rêve. Le jardin était de nouveau vide, blanc, opalescent et immobile dans le clair de lune.

Je ne sais pas pourquoi, mais j'eus honte d'en parler à mon mari ; ce pouvait vraiment n'avoir été qu'une illusion des sens. Mais le lendemain matin, lorsque je croisai la bonne de Limpley dans la rue, je lui demandai en passant si elle n'avait pas revu Ponto ces derniers temps. La bonne devint nerveuse et un peu embarrassée ; ce n'est qu'après y avoir été vivement encouragée qu'elle m'avoua l'avoir rencontré à plusieurs reprises et dans des circonstances singulières. Elle n'arrivait pas vraiment à l'expliquer mais elle avait peur de lui. Il y a quatre semaines, alors qu'elle était en ville avec le landau, elle avait soudain entendu un aboiement épouvantable ; du camion du boucher qui passait à ce moment-là, Ponto avait hurlé contre elle – ou plutôt, pensait-elle, contre le landau où se trouvait l'enfant – et s'était déjà accroupi pour bondir. Heureusement le poids lourd roulait si vite qu'il n'avait pas osé sauter, mais son aboiement furieux l'avait parcourue jusqu'à la moelle. Bien entendu, elle n'en avait pas informé Limpley. Et puis, cela l'aurait ému inutilement, et elle s'était dit qu'à Bath le chien était sous bonne garde. Mais il y a peu, un après-midi, alors qu'elle était allée prendre quelques bûches dans le vieil abri à bois, quelque chose avait bougé dans l'obscurité ; elle avait voulu crier, elle avait alors reconnu Ponto, qui s'était tapi là, et il s'était aussitôt éclipsé à travers la haie, dans notre jardin. Depuis elle le soupçonnait de se cacher là souvent, et il devait aussi rôder autour de la maison la nuit car, dernièrement, après un gros orage nocturne, elle avait distingué sur le sable mouillé des traces de pattes qui indiquaient clairement qu'il avait fait plusieurs fois le tour de la maison. Certes, il ne s'était jamais montré au grand jour ; sans doute ne se faufilait-il à travers notre haie ou celle des voisins que quand il était sûr que personne ne l'observait. Est-ce qu'il était envisageable, selon moi, qu'il veuille revenir ? Mais Mr. Limpley ne le laisserait plus jamais entrer dans la maison et il était peu probable qu'il souffre de la faim chez un boucher – sinon il aurait commencé par venir dans la cuisine quémander auprès d'elle. Cet espionnage la mettait un peu mal à l'aise : est-ce que, d'après moi, elle ne devait tout de même pas en parler à Mr. Limpley ou au moins à sa femme ? Nous réfléchîmes et arrivâmes à la conclusion que, s'il se montrait encore une fois, nous en informerions son nouveau maître, le boucher, afin qu'il mette un terme à ces étranges visites ; nous ne voulions pas, pour le moment, rappeler à Limpley l'existence du maudit animal.

Je crois que nous eûmes tort, car peut-être – qui peut le dire ? – aurions-nous pu empêcher ce qui arriva le dimanche suivant, ce dimanche que l'horreur rend inoubliable. Mon mari et moi étions allés chez les Limpley, et, assis sur de légers sièges de jardin, nous discutions au bord de la petite terrasse inférieure, d'où la prairie descendait vers le canal en une pente assez raide. À côté de nous, sur la même terrasse de gazon, il y avait le landau et je n'ai pas besoin de préciser que le père se levait toutes les cinq minutes, au beau milieu de la conversation, pour aller s'émerveiller sur sa fille. Elle était devenue une enfant charmante et, en cet après-midi baigné d'or, elle était vraiment ravissante quand, à l'ombre de son landau ouvert, elle riait au ciel de ses deux yeux bleus étincelants, et cherchait de sa petite main tendre, encore un peu pataude, à attraper les volutes de soleil sur sa couverture – le père s'en extasiait, comme si un tel miracle d'intelligence ne s'était encore jamais produit, et nous lui fîmes le plaisir de lui laisser croire que nous n'avions encore jamais rien vu de semblable. Ce moment, qui fut le dernier moment de bonheur, restera gravé dans ma mémoire pour toujours. Mme Limpley nous appela alors pour le thé, depuis la terrasse supérieure, qui était ombragée par la véranda. Limpley rassura la petite enfant, comme si elle pouvait le comprendre : « On revient tout de suite ! Tout de suite ! » Nous laissâmes le landau avec l'enfant sur ce beau gazon qu'un toit de verdure rafraîchissant protégeait des attaques du soleil, et nous montâmes sans nous presser en quelques minutes – il y avait vingt mètres environ entre les deux terrasses, qu'une pergola de roses rendait invisibles l'une à l'autre – jusqu'à l'endroit où nous avions l'habitude de prendre le thé, à l'ombre. Nous bavardâmes, et je n'ai guère besoin de préciser de quoi : Limpley était d'une gaieté magnifique, mais cette gaieté ne semblait pas du tout inappropriée cette fois-ci, tant le ciel était d'un bleu soyeux et le dimanche paisible, à l'ombre d'une maison comme bénie des dieux ;

elle n'était pour ainsi dire qu'un reflet humain de cette journée d'été extraordinaire.

Soudain nous prîmes peur. Du canal, nous parvenaient, stridents, des cris épouvantés, des voix d'enfants et des appels angoissés de femmes. Nous dévalâmes la pente de verdure, Limpley en tête. Sa première pensée alla à l'enfant. Mais à notre grand effroi, la terrasse inférieure où, il y a encore quelques minutes, nous avions laissé le landau avec le bébé qui sommeillait tranquillement, en toute sécurité, était vide, et on poussait, depuis le canal, des cris toujours plus stridents et excités. Nous descendîmes en toute hâte. Sur l'autre rive, quelques femmes avec leurs enfants, étroitement serrées les unes contre les autres, faisaient de grands gestes et fixaient le canal. Et là, renversé, flottait le landau que dix minutes auparavant nous avions laissé, au calme et en sécurité, sur la terrasse inférieure. Un homme avait déjà détaché une barque pour sauver l'enfant, un autre avait plongé dans l'eau. Mais c'était trop tard. Le cadavre ne put être remonté qu'au bout d'un quart d'heure de cette eau croupie, rendue verdâtre par les algues qui la sillonnaient.

Je ne saurais décrire le désespoir des malheureux parents ; ou plutôt, je ne veux même pas essayer, car je ne souhaite plus jamais repenser à ce moment épouvantable. Averti par téléphone, un commissaire de police fit son apparition pour déterminer comment l'événement effroyable s'était produit. Y avait-il eu négligence de la part des parents, un accident ou un crime ? On avait depuis longtemps retiré de l'eau le landau qui y flottait, et sur ordre du commissaire on l'avait mis exactement à son ancienne place sur la terrasse inférieure. Le *chief constable* en personne essaya alors de voir si, quand on le poussait légèrement, le petit landau pouvait rouler de lui-même en bas de la pente. Mais les roues bougèrent à peine dans l'herbe haute et épaisse. Il était donc exclu qu'un coup de vent, par exemple, eût pu entraîner une glissade aussi brusque depuis ce terrain complètement plat. Le commissaire fit une seconde tentative, en poussant cette fois un peu plus fort. La voiture roula un demi-pas, puis s'immobilisa. Mais la terrasse faisait au moins sept mètres de large et, comme le prouvaient les traces de roues, le landau se trouvait assez éloigné de la pente, à un endroit stable et sûr. Ce n'est qu'en heurtant le landau de plein fouet, après avoir pris son élan, que le commissaire réussit à lui faire dévaler la colline jusqu'en bas. Il avait donc fallu que quelque chose d'imprévu mît soudain le landau en mouvement. Mais qui ou quoi ? Telle était l'énigme. Le commissaire de police souleva la casquette qui couvrait son front en sueur et gratta ses cheveux ébouriffés, de plus en plus plongé dans ses pensées ; il était dépassé. Est-ce qu'un objet – ne serait-ce qu'un ballon –

avait roulé sur la terrasse à un moment donné ? « Non ! Jamais ! » protestèrent-ils tous. Est-ce qu'un enfant s'était tenu à proximité ou dans le jardin, un enfant qui aurait joué de façon imprudente avec le landau ? Non ! Aucun ! Sinon, quelqu'un se serait-il trouvé à proximité ? Non ! Personne ! La porte du jardin était fermée, et aucun de ceux qui se promenaient le long du canal n'avait vu qui que ce soit arriver ou s'éloigner. Le seul à pouvoir être considéré comme un véritable témoin était cet ouvrier qui avait plongé dans l'eau avec la ferme intention de sauver l'enfant ; mais encore tout ruisselant et sous le choc, il ne savait pas quoi raconter de plus, sinon que sa femme et lui étaient allés se promener, sans se douter de rien, au bord du canal. Là le landau avait soudain surgi, dévalant la pente du jardin de plus en plus vite et il avait tout de suite basculé dans l'eau. Comme il avait cru voir un enfant nager, accourant aussitôt, il avait retiré ses habits et tenté de le sauver des eaux, mais l'épais enchevêtrement des algues l'avait empêché d'y parvenir aussi vite qu'il l'avait espéré. Il ne savait rien de plus.

Le commissaire était de plus en plus désespéré. À l'en croire, il n'avait encore jamais été confronté à un cas aussi abstrus. Il lui était tout bonnement impossible de concevoir comment le landau avait pu se mettre à rouler. La seule explication était que l'enfant se soit redressée soudain ou jetée sur le côté, ce qui aurait fait perdre l'équilibre au petit landau, qui était léger. Mais ce n'était guère crédible, lui du moins avait du mal à se l'imaginer. L'un d'entre nous avait peut-être une autre hypothèse ?

Je ne pus m'empêcher de me tourner vers la bonne. Nos regards se croisèrent. Nous eûmes toutes deux la même pensée à la même seconde. Nous savions toutes deux que le chien haïssait l'enfant à mort. Nous savions que, ces derniers temps, le fourbe s'était à plusieurs reprises dissimulé dans le jardin. Nous savions que souvent il poussait les paniers de linge dans le canal, et souvent par malveillance. Toutes deux – je le vis au tremblement de ses lèvres, pâles et inquiètes – nous soupçonnions cet animal rusé et devenu méchant de s'être faufilé hors de sa cachette, saisissant enfin cette occasion de se venger, sitôt l'enfant laissée seule quelques minutes, pour pousser dans le canal, d'un coup rapide et sauvage, le landau contenant son rival abhorré, puis de s'être enfui, aussi discret qu'à son habitude. Mais toutes deux, nous gardâmes nos soupçons pour nous. Je savais que la pensée qu'il eût pu sauver son enfant, si, à l'époque, il avait tué l'animal furieux, aurait suffi à rendre fou Limpley. Et puis : en dépit de tous ces indices logiques manquait tout de même la preuve ultime, matérielle. Ni la bonne ni moi ni personne n'avait vu le chien s'approcher ou s'enfuir, furtif, cet après-midi-là. L'abri à bois, sa cachette favorite – j'étais tout de suite allée regarder – était complètement vide, le sol sec ne révélait pas la moindre trace, nous n'avions pas entendu le son de cet aboiement sauvage que, d'ordinaire, Ponto faisait toujours retentir en triomphe, après avoir poussé un panier dans le canal. C'est pourquoi nous ne pouvions pas affirmer que c'était lui. Ce n'était qu'une hypothèse obsédante, cruellement obsédante. Ce n'était qu'un soupçon légitime, terriblement légitime. Mais il manquait la certitude ultime, irréfutable.

Et pourtant, à compter de ce moment-là, je ne parvins pas à me défaire de ce soupçon épouvantable – au contraire, il se fortifia encore dans les jours qui suivirent. Une semaine plus tard – la pauvre enfant était enterrée depuis longtemps, et les Limpley avaient quitté leur maison parce qu'ils n'arrivaient plus à supporter la vue du funeste canal – il se produisit quelque chose qui m'ébranla. J'étais allée à Bath faire de petites courses pour la maison ; soudain je fus prise de frayeur car, à côté de la voiture du boucher, je vis Ponto, à qui je n'avais cessé inconsciemment de penser pendant toutes ces heures d'effroi, avancer avec nonchalance et, au même instant, il me reconnut. Il s'immobilisa aussitôt et moi aussi. Et c'est alors qu'arriva ce qui me remue l'âme encore aujourd'hui : toutes ces dernières semaines, depuis sa déchéance, je n'avais jamais vu Ponto que hagard et, les yeux fuyants, l'échine courbée, il avait comme par timidité évité toute rencontre, mais cette fois il n'hésita pas à relever la tête et me regarda – je ne saurais le dire autrement – avec une orgueilleuse assurance ; il était redevenu du jour au lendemain l'animal fier et arrogant d'autrefois. Il resta figé une minute dans cette attitude provocatrice. Puis, oscillant et comme dansant sur ses pattes, il traversa la rue, pour me rejoindre, avec une amabilité feinte, et il s'immobilisa à un pas de moi comme s'il voulait dire : « Eh bien, me voici ! Qu'as-tu à me reprocher ou à dire contre moi ? »

J'étais comme paralysée. Je n'eus pas la force de le chasser, pas la force de soutenir ce regard suffisant et je dirais presque : satisfait. Je m'esquivai en hâte. Dieu me garde d'accuser à tort d'un crime un animal, et encore moins un être humain. Mais, depuis ce moment-là, je n'arrive pas à me défaire de cette idée affreuse : « C'était lui. C'est lui le coupable. »

War er es ?

Persönlich bin ich soviel wie gewiß, daß er der Mörder gewesen ist, aber mir fehlt der letzte, der unumstößliche Beweis. »Betsy«, sagt mein Mann immer zu mir, »du bist eine kluge Frau, du beobachtest rasch und scharf, aber du läßt dich von deinem Temperament verleiten und urteilst oft zu voreilig.« Schließlich, mein Mann kennt mich seit zweiunddreißig Jahren und vielleicht, ja sogar wahrscheinlich, hat er recht mit seiner Mahnung. Ich muß mich also gewaltsam zwingen, da mir jener letzte Beweis fehlt, meinen Verdacht vor allen andern zu unterdrücken. Aber jedes Mal, wenn ich ihm begegne und er kommt bieder und freundlich auf mich zu, stockt mir das Herz. Und eine innere Stimme sagt mir : er und nur er war der Mörder.

Ich will also versuchen, vor mir selbst und für mich allein den ganzen Hergang noch einmal zu rekonstruieren. Vor etwa sechs Jahren hatte mein Mann seine Dienstzeit in den Kolonien als hoher

Regierungsbeamter beendet, und wir beschlossen, uns an einen stillen Ort in der englischen Provinz zurückzuziehen, um dort gemächlich – unsere Kinder sind längst verheiratet – mit den kleinen stillen Dingen des Lebens wie Blumen und Büchern die restlichen, schon ein wenig abendkühlen Tage unseres Alters zu verbringen. Unsere Wahl fiel auf einen kleinen ländlichen Ort in der Nähe von Bath. Von dieser alten, ehrwürdigen Stadt zieht sich, nachdem er sich durch vielerlei Brücken hindurchgeschlängelt, ein schmaler, gemächlicher Wasserlauf gegen das immer grüne Tal von Limpley Stoke, der Kenneth-Avon-Kanal. Vor mehr als einem Jahrhundert war diese Wasserstraße sehr kunstvoll und kostspielig mit vielen hölzernen Schleusen und Wärterstationen angelegt worden, um die Kohle von Cardiff bis nach London zu befördern. Auf dem schmalen Seitenweg rechts und links von dem Kanal zogen Pferde in schwerem Trott die breiten, schwarzen Barken gemächlich den weiten Weg entlang. Es war eine großzügige Anlage und vielversprechend für ein Zeitalter, dem die Zeit noch wenig galt. Aber dann kam die Eisenbahn, die rascher, billiger und bequemer die schwarze Fracht nach der Hauptstadt beförderte. Der Verkehr stockte, die Schleusenwärter wurden entlassen, der Kanal verödete und versumpfte, aber eben diese völlige Verlassenheit und Nutzlosigkeit macht ihn heute so romantisch und zauberhaft. In dem stockenden schwarzen Wasser wachsen die Algen vom Grunde so dicht empor, daß die Fläche dunkelgrün schimmert wie Malachit, Wasserrosen schaukeln sich farbig auf den glatten Fläche, die in ihrer schlafenden Unbewegtheit die blumenbestandenen Hänge, die Brücken und Wolken mit photographischer Treue spiegelt ; ab und zu liegt, halb eingesunken und schon mit buntem Gewächs überwuchert, ein alter zerbrochener Kahn aus jener geschäftigen Vorzeit am Ufer, und die eisernen Nägel an den Schleusen sind längst verrostet und von dichtem Moos überzogen. Niemand kümmert sich mehr um diesen alten Kanal, selbst die Badegäste von Bath kennen ihn kaum, und wenn wir beiden ältlichen Leute den ebenen Weg an seinem Rande, von dem früher die Pferde die Barken an den Seilen mühsam vorwärtsschleppten, entlanggingen, begegneten wir stundenlang niemanden andern als etwa einem heimlichen Liebespaar, das sein junges Glück, solange es noch nicht durch Verlöbnis oder Heirat befestigt war, in diesem Abseits vor dem Gerede der Nachbarn verbergen wollte.

Gerade dieser stille romantische Wasserlauf inmitten einer milden und hügligen Landschaft gefiel uns über alle Maßen. Wir kauften uns an einer Stelle, wo der Hügel von Bathampton sich als schöne üppige Wiese bis zum Kanal freundlich niedersenkt, mitten im Leeren ein Grundstück. Auf der Höhe bauten wir ein kleines ländliches Haus, von dem sich dann ein Garten mit behaglichen Pfaden, vorbei an Früchten, Gemüsen und Blumen, bis zum Kanal niederzog, so daß wir, wenn wir an seinem Rande auf unserer kleinen freien Gartenterrasse saßen, im Wasserspiegel noch einmal Wiese, Haus und Garten beschauen konnten. Das Haus war friedlicher und behaglicher, als ich es mir jemals geträumt, und ich klagte nur, daß es ein wenig einsam sei, ohne jede Nachbarn. »Sie werden schon kommen«, tröstete mein Mann, »wenn sie erst sehen, wie schön wir hier wohnen.« Und tatsächlich ; noch hatten unsere Pfirsichbäumchen und Pflaumen nicht recht angesetzt, so erschienen schon eines Tages die Vorboten nachbarlichen Baus, erst geschäftige Agenten, dann die Vermesser und nach ihnen Mauer und Zimmerleute. Innerhalb eines Dutzends von Wochen stellte sich ein Häuschen mit roter Ziegelmütze freundlich neben das unsere ; schließlich rollte das Lastautomobil mit den Möbeln an. Wir hörten in der stillen Atmosphäre unablässig hämmern und pochen, aber noch immer hatten wir unsere Nachbarn nicht zu Gesicht bekommen.

An einem Morgen klopfte es an unsere Tür. Eine schmale hübsche Frau mit gescheiten freundlichen Augen, kaum älter als acht- oder neunundzwanzig Jahre, stellte sich als die Nachbarin vor und bat, ihr eine Säge zu leihen ; die Handwerker hätten die ihre vergessen. Wir kamen ins Gespräch. Sie erzählte, ihr Mann sei in Bristol bei einer Bank angestellt, aber es wäre schon lang beider Wunsch gewesen, lieber etwas abseits und mehr in der Landschaft zu wohnen, und unser Haus hätte, als sie einmal sonntags den Kanal entlangschlenderten, es ihnen sofort angetan. Für ihren Mann bedeute es freilich morgens und abends je eine Stunde Fahrt von Haus zu Haus, aber er würde unterwegs schon Gesellschaft zu finden wissen und sich leicht daran gewöhnen. Wir machten ihr den nächsten Tag Gegenbesuch. Sie war noch immer allein im Haus und erzählte heiter, ihr Mann kam erst herüber, wenn alles fertig sei. Vorher könne sie ihn nicht brauchen, und schließlich sei es ja nicht so eilig. Ich weiß nicht warum, aber die gleichgültige, beinahe zufriedene Art, mit der sie von der Abwesenheit ihres Mannes sprach, gefiel mir nicht. Ich machte dann, als wir zu Hause allein bei Tisch saßen, eine Bemerkung, es scheine ihr nicht viel an ihm gelegen zu sein. Mein Mann wies mich zurecht, ich solle nicht immer derart vorschnell urteilen, die Frau wäre durchaus sympathisch, klug und angenehm; hoffentlich sei es auch der Mann.

Nun, es dauerte nicht lange, bis wir ihn kennenlernten. Als wir Samstag unser Haus zu dem gewohnten Spaziergang abends verließen, hörten wir hastige schwere Schritte uns nachkommen, und da wir uns umwandten, stand ein massiver Mann heiter da und streckte uns eine breite, rote, sommersprossige Hand entgegen. Er sei der neue Nachbar und habe gehört, wie freundlich wir zu seiner Frau gewesen seien. Natürlich gezieme es sich nicht, daß er uns so in Hemdsärmeln nachlaufe, statt vorerst formellen Besuch zu machen. Aber seine Frau hätte ihm soviel Nettes von uns erzählt, daß es ihn nicht eine Minute geduldet hätte, uns zu danken. Und da sei er nun, John Charleston Limpley, und wäre es nicht eigentlich famos, daß sie das Tal schon im voraus ihm zu Ehren Limpley Stoke benannt hätten, noch ehe er selber ahnen konnte, daß er hier jemals Hausung nehmen wollte – ja, da sei er nun und hoffe hier zu bleiben, solange ihn Gott leben ließe. Er finde es hier herrlicher als irgendwo in der Welt und er wolle uns gleich mit Hand und Herz zusagen, ein guter und anständiger Nachbar zu sein. Er sprach so rasch und munter und in so fließendem Zuge, daß man kaum Gelegenheit hatte, ihn zu unterbrechen. So blieb mir wenigstens rechtlich Zeit, ihn gründlich anzusehen. Dieser Limpley war ein mächtiges Stück Mann, mindestens sechs Fuß hoch und mit breitgequaderten Schultern, die einem Lastträger Ehre gemacht hätten, aber wie oft die Riesen, zeigte er sich von einer kindlichen Gutmütigkeit. Seine engen, ein wenig wäßrigen Augen zwinkerten mit ihren rötlichen Augenlidern einem voll Vertrauen zu.

Ununterbrochen zeigte er lachend im Sprechen seine weißen, blanken Zähne ; er wußte nicht recht, was mit seinen großen schweren Händen anzufangen, er hatte Mühe, sie ruhig zu halten, und man spürte, er hätte einem am liebsten damit kameradschaftlich auf die Schulter geschlagen, und so ließ er, um seine Kraft loszuwerden, wenigstens die Finger ein wenig in den Gelenken knacken. Ob er uns auf unserem Spaziergang begleiten dürfe, so wie er sei, in Hemdsärmeln ? Und als wir bejahten, wanderte er mit uns und erzählte kreuz und quer, daß er mütterlicherseits von Schotten abstamme, aber in Kanada aufgewachsen sei, und zwischendurch deutete er da auf einen üppigen Baum oder einen schönen Hang, wie herrlich, wie unvergleichlich herrlich das sei. Er sprach, er lachte, er begeisterte sich fast ohne Pause ; es ging von diesem wuchtigen, gesunden, vitalen Menschen ein erquickender Strom von Kraft und Glück aus, der einen unwillkürlich mitriß. Als wir uns schließlich verabschiedeten, waren wir beide gleichsam wie erwärmt. »Ich bin eigentlich schon lange keinem so herzlichen, so vollblütigen Menschen begegnet«, äußerte mein Mann, der, wie ich vordem schon bemerkte, sonst immer sehr vorsichtig und zurückhaltend in seinem Urteil über Menschen war.

Aber es dauerte nicht lange und unsere erste Freude an dem neuen Nachbarn begann merklich nachzulassen. Menschlich war gegen Limpley nicht das mindeste einzuwenden. Er gutmütig bis zum Überschwang, er war anteilnehmend und dermaßen gefällig, daß man eigentlich ständig seine Angebote ablehnen mußte, er war überdies anständig, bieder, offen und keineswegs dumm. Aber er wurde schwer erträglich durch die laute, lärmende Art, mit der er permanent glücklich war. Seine wäßrigen Augen strahlten immer von Zufriedenheit, über alles und jedes. Was ihm gehörte, was ihm begegnete, war herrlich, war wonderful ; seine Frau war die beste Frau der Welt, seine Rosen die schönsten Rosen, seine Pfeife die beste Pfeife mit dem besten Tabak. Er konnte eine Viertelstunde auf meinen Mann einreden, um ihm zu beweisen, daß man eine Pfeife eben nur genau so stopfen müsse, wie er sie stopfe, und daß sein Tabak um einen Penny billiger sei und doch besser als die teuren Marken. Ständig dampfend von überschüssiger Begeisterung an ganz nichtigen, gleichgültigen und selbstverständlichen Dingen, hatte er das Bedürfnis, diese banalen Entzückungen ausführlich zu begründen und zu erläutern. Nie stand der lärmende Motor in ihm still. Limpley konnte nicht im Garten arbeiten, ohne laut zu singen, nicht sprechen, ohne zu lachen und zu gestikulieren, nicht die Zeitung lesen, ohne bei einer Nachricht, die ihn erregte, sofort aufzuspringen und zu uns hinüberzulaufen. Seine breiten, sommersprossigen Hände waren wie sein weites Herz immer aggressiv. Nicht nur, daß er jedes Pferd abklopfte und jeden Hund streichelte, auch mein Mann mußte, obwohl gute fünfundzwanzig Jahre älter, es sich gefallen lassen, daß er ihm beim gemütlichen Zusammensitzen mit kameradschaftlich-kanadischer Unbefangenheit auf die Knie schlug. Weil an allem mit seinem warmen, übervollen und gleichsam von Gefühl ständig explodierenden Herzen teilnehmend, hielt er auch bei allen andern Teilnahme für selbstverständlich, und man mußte hundert kleine Listen erfinden, um sich seiner aufdringlichen Gutmütigkeit zu erwehren. Er respektierte keine Ruhestunde und keinen Schlaf, weil er in seiner Kraftfülle es sich gar nicht denken konnte, daß ein anderer müde oder mißgelaunt sein könne, und man hätte heimlich gewünscht, durch eine tägliche Injektion von Brom seine prächtige, aber kaum erträgliche Vitalität auf ein normales Maß zu lindern. Mehrmals ertappte ich meinen Mann dabei, daß, wenn Limpley eine Stunde bei uns gesessen – oder vielmehr er saß nicht, sondern sprang dazwischen immer auf und stürzte im Zimmer herum – instinktiv das Fenster aufmachte, wie wenn der Raum durch die Gegenwart dieses dynamischen und irgendwie barbarischen Menschen überheizt worden wäre. Solange man ihm gegenüberstand und in seine hellen, guten, ja von Güte überströmenden Augen blickte, konnte man ihm nicht böse sein ; erst nachher spürte man an der eigenen Erschöpfung, daß man ihn zu allen Teufeln wünschte. Nie, ehe wir Limpley kannten, hatten wir alten Leute geahnt, daß derart rechtschaffene Eigenschaften wie Gutmütigkeit, Herzlichkeit, Offenheit und Wärme des Gefühls durch ein penetrantes Übermaß einen zur Verzweiflung treiben könnten.

Nun verstand ich auch, was mir zuerst unverständlich gewesen war, daß es keineswegs Mangel an Anhänglichkeit seitens seiner Frau bedeutete, wenn sie seine Abwesenheit mit so heitere Genugtuung empfand. Denn sie war das eigentliche Opfer seiner Übertreiblichkeit. Selbstverständlich liebte er sie leidenschaftlich, wie er alles leidenschaftlich liebte, was ihm oder zu ihm gehörte. Es war rührend, mit welcher Zärtlichkeit er sie umgab, mit welcher Sorge er sie behütete ; sie mußte nur einmal hüsteln, und schon lief er und holte ihr einen Mantel oder stöberte im Kamin, um das Feuer frisch anzufachen, und wenn sie zur Stadt ging, gab er ihr tausend Ratschläge, als hätte sie eine gefährliche Reise zu bestehen. Nie habe ich ein unfreundliches Wort zwischen den beiden gehört, im Gegenteil, er liebte es, sie derart anzupreisen und zu rühmen, daß es bis ins Peinliche ging. Auch in unserer Gegenwart konnte er sich nicht enthalten, sie zu streicheln und ihr über das Haar zu fahren und vor allem alle erdenkbaren Vorzüge aufzuzählen. »Haben Sie eigentlich schon gesehen, was für reizende Fingernägelchen meine Ellen hat ?« konnte er plötzlich fragen, und trotz ihres beschämten Protestes mußte sie dann ihre Hände zeigen. Und dann sollte ich wieder bewundern, wie geschickt sie ihr Haar aufsteckte, und selbstverständlich mußten wir jede kleine Marmelade kosten, die sie angefertigt hatte und die nach seiner Meinung unvergleichlich besser war als alle der berühmtesten Fabriken Englands. Die stille, bescheidene Frau saß bei solchen peinlichen Gelegenheiten dann immer mit bestürzt gesenkten Augen da. Anscheinend hatte sie es schon aufgegeben, sich gegen das kataraktische Gehaben ihres Mannes zu wehren. Sie ließ ihn reden und erzählen und lachen und streute höchstens ein mattes »Ach« oder »So« ein. »Sie hat es nicht leicht«, äußerte mein Mann einmal, als wir nach Hause gingen. »Aber man kann ihm eigentlich nichts übelnehemen. Er ist doch ein grundguter Mensch, und sie kann glücklich mit ihm sein.«

» Zum Teufel mit seinem Glücklichsein«, sagte ich erbittert. »Es ist eine Unverschämtheit, so ostentativ glücklich zu sein und mit seinen Gefühlen so schamlos herumzulizitieren. Ich würde toll werden bei einem solchen Exzeß, bei einem solchen Abzeß von Anständigkeit.

Siehst du denn nicht, daß er mit seiner Glücksprotzerei und seiner mörderischen Vitalität diese Frau sehr unglücklich macht?«

»Übertreib' nicht immer«, rügte mein Mann, und eigentlich hatte er recht. Limpleys Frau war keineswegs unglücklich oder vielmehr, sie war nicht einmal das mehr. Sie war schon unfähig, irgend etwas deutlich zu fühlen, sie war einfach gelähmt und erschöpft von diesem Unmaß an Vitalität. Wenn Limpley morgens in sein Office ging und sein letztes abschiednehmendes »Hallo« an der Gartenpforte verklungen, beobachte ich, daß sie zunächst einmal hinsetzte oder hinstreckte, ohne irgend etwas zu tun um nur das Ungewohnte zu genießen, daß es still um sie war. Und den ganzen Tag war dann noch in ihren Bewegungen etwas leicht Müdes. Es war nicht leicht, mit ihr ins Gespräch zu kommen, denn eigentlich hatte sie in den acht Jahren ihre Ehe das Sprechen beinahe verlernt. Einmal erzählte sie mir, wie es zu der Heirat gekommen sei. Sie hatte bei ihren Eltern am Lande gewohnt, er war auf einem Ausflug vorübergewandert, und mit seinem wilden Überschwang hatte er sich mit ihr verlobt und sie eigentlich schon geheiratet, ohne daß sie recht wußte, wer er war und was für ein Beruf er hatte. Mit keinem Wort, keine Silbe aber deutete die stille, nette Frau an, daß sie nicht glücklich sei, und dennoch spürte ich an ihrer ausweichenden Art als Frau genau, wo die wirkliche Crux dieser Ehe lag. Im ersten Jahre hatten sie ein Kind erwartet und ebenso im zweiten und im dritten ; dann, nach sechs und sieben Jahren, hatten sie die Hoffnung aufgegeben, und nun war ihr Tag zu leer und der Abend wiederum zu überfüllt durch seine polternde Turbulenz. »Am besten«, dachte ich im stillen, »sie würde ein fremdes Kind ins Haus nehmen, oder sie müßte Sport treiben oder irgendeine Beschäftigung suchen. Dieses Stillsitzen muß zur Melancholie führen, und diese Melancholie wieder zu einer Art Haß gegen seine provokante und einen normalen Menschen erschöpfende Fröhlichkeit. Irgend jemand, irgend etwas müßte um sie sein, sonst wird die Spannung zu stark.«

Nun wollte es der Zufall, daß ich einer Jugendfreundin, die in Bath wohnte, seit Wochen Besuch schuldig war. Wir plauderten gemütlich ; dann erinnerte sie sich plötzlich, sie wolle mir etwas Reizendes zeigen, und führte mich hinaus in den Hof. In einer Scheune sah ich im Halbdunkel zuerst nur, daß etwas sich dort im Stroh balgte und überschlug und wild durcheinanderkroch. Es waren vier junge Bulldoggen, sechs oder sieben Wochen alt, die tölpisch mit ihren breiten Pfoten herumtappten und ab und zu ein kleines quäkendes Gebell versuchten. Sie waren reizend, wie sie aus dem Korb stolperten, in dem massig und mißtrauisch die Mutter lag. Ich hob einen an dem überschüssigen weichen Fell empor ; er war braun und weiß gefleckt und mit seiner entzückenden Stupsnase machte er dem vornehmen Pedigree, das mir seine Herrin erklärte, volle Ehre. Ich konnte mich nicht enthalten, mit ihm zu spielen, ihn zu ärgern, zu necken und ungeschickt nach meinen Fingern schnappen zu lassen. Meine Freundin fragte, ob ich ihn mitnehmen möchte, sie liebe die Hunde sehr und sei bereit, sie zu verschenken, wenn sie nur in ein richtiges Haus kämen, wo sie gute Pflege hätten. Ich zögerte, denn ich wußte, mein Mann hatte es sich verschworen, seit er seinen geliebten Spaniel verloren, nicht ein zweitesmal sein Herz an einen anderen Hund zu hängen. Aber da fiel mir ein, ob dieses reizende Tier nicht ein richtiger Spielfreund für Mrs. Limpley sein könnte, und ich versprach meiner Freundin, ihr am nächsten Tag Bescheid zu geben. Abends brachte ich meinen Vorschlag den Limpleys vor. Die Frau schwieg ; sie war gewöhnt, keine Meinung zu äußern, aber Limpley stimmte mit seiner gewohnten Begeisterung zu. Ja, das sei das Einzige, was noch gefehlt habe. Ein Haus sei kein richtiges Haus ohne Hund. Am liebsten hätte er mich in seinem Ungestüm gezwungen, noch in der Nacht mit ihm nach Bath hineinzufahren, bei meiner Freundin einzubrechen und das Tier zu holen. Aber da ich diese Übertreiblichkeit abwehrte, mußte er sich bescheiden. Und erst am nächsten Tag wurde in einem Körbchen, maulend und höchst befremdet über die unvermutete Reise, der junge Bulldog ihnen ins Haus gebracht.

Der Resultat war eigentlich anders, als wir vorausgesehen hatten. Meine Absicht war gewesen, der stillen, tagsüber etwas vereinsamten Frau einen Gefährten in das leere Haus zu geben. Aber es war Limpley selbst, der sich mit seinem ganzen unerschöpflichen Zärtlichkeitsbedürfnis auf den Hund stürzte. Seine Begeisterung über das kleine drollige Tier war grenzenlos und wie immer bei ihm übertreiblich und ein wenig lächerlich. Selbstverständlich war Ponto – so wurde er aus einem unerfindlichen Grund benannt – der schönste, der klügste aller Hunde auf Erden, und jeden Tag, jede Stunde entdeckte Limpley neue Herrlichkeiten und Talente bei ihm. Was es an aparten Toilettegegenständen für Vierfüßler gab, Leine, Körbchen, Maulkorb, Schüsselchen, Spielzeug, Bälle und Knöchelchen wurde verschwenderisch gekauft ; Limpley studierte alle Aufsätze und Inserate in den Zeitungen, die sich mit Hundpflege und Ernährung befaßten, und abonnierte zur Erlangung soliderer Fachkenntnis sogar eine Hundezeitschrift ; die gewaltige Industrie, die ausschließlich von solchen Hundenarren lebt, gewann an ihm einen neuen und unermüdlichen Kunden ; bei dem kleinsten Anlaß wurde der

Tierarzt bemüht. Es benötigte Bände, um all die Übertreiblichkeiten zu schildern, welche diese neue Leidenschaft in ununterbrochener Folge zeitigte ; oft hörten wir ein heftiges Bellen vom Nachbarhaus. Aber er war nicht der Hund, der bellte, sondern sein Herr, der flach auf dem Boden lag und sich bemühte, durch Nachahmung der Hundesprache, seinen Liebling zu einem allen übrigen Irdischen unverständlichen Dialog anzuregen. Die Verpflegung des verwöhnten Tieres beschäftigte ihn mehr als seine eigene, sie folgte ängstlich allen diätetischen Anweisungen der Hundeprofessoren ; Ponto speiste viel vornehmer als Limpley und seine Frau, und als einmal in der Zeitung etwas von einem Typhus stand – in einer ganz anderen Provinz übrigens – bekam das Tier nur Mineralwasser ; erfrechte sich ab und zu ein respektloser Floh, dem Unnahbaren einen Besuch abzustatten und ihn niederträchtigerweise zu einem Pfotenkratzen oder beißendem Suchen zu entwürdigen, so übernahm Limpley erregt das klägliche Geschäft der Flohjagd ; in Hemdsärmeln über den Bottich mit desinfiziertem Wasser gebückt, arbeitete er mit Kamm und Bürste unentwegt, bis der letzte der lästigen Gäste gemordet war. Keine Mühe war ihm zuviel, keine Entwürdigung zu beschämend, und kein Königskind konnte zärtlicher und behutsamer behütet sein. Erfreulich inmitten all dieser Narrheiten war einzig der Umstand, daß infolge dieser Fixierung aller Gefühlskräfte auf das neue Objekt die Frau Limpleys und auch wir von Limpleys Impetuosität wesentlich entlastet wurden ; er ging stundenlang mit dem Hund spazieren, redete auf ihn ein, ohne daß der Dickfellige sich dadurch in seinem Herumschnüffeln sonderlich stören ließ, und die Frau blickte lächelnd und ohne jede Eifersucht zu, wie ihr Mann seinen täglichen Götzendienst vor dem vierbeinigen Altar verrichtete. Was er ihr an Gefühl entzog, war nur der lästige und schwer erträgliche Überschuß, und ihr blieb noch immer ein volles Maß an Zärtlichkeit. So war es unverkennbar, daß der neue Hausgenosse die Ehe womöglich noch glücklicher gemacht hatte als vordem.

Inzwischen wuchs von Woche zu Woche Ponto heran. Die dicken kindischen Falten an seinem Fell füllten sich mit hartem, festem, gut durchmuskeltem Fleisch, er wurde ein mächtiges Tier mit breiter Brust, starkem Gebiß und harten, straff gebürsteten Hinterbacken. An sich durchaus gutmütig, wurde er erst unbehaglich, sobald er seine dominierende Stellung im Hause erkannte, dank derer er sich ein hochmütiges und herrisches Auftreten zulegte. Das kluge, scharf beobachtende Tier hatte nicht lange gebraucht, um festzustellen, daß sein Gebieter oder vielmehr sein Sklave ihm jede Ungezogenheit entschuldigte ; zuerst nur ungehorsam, nahm er bald tyrannische Manieren an und verweigerte aus Prinzip alles, was als Unterwürfigkeit gedeutet werden konnte. Vor allem duldete er im Hause keinerlei privacy. Nichts durfte ohne seine Anwesenheit und eigentlich ohne seine ausdrückliche Zustimmung geschehen. Immer wenn Besuch kam, warf er sich gebieterisch gegen die geschlossene Tür, völlig gewiß, daß Limpley dienstfertig aufspringen würde, ihm zu öffnen, und stieg dann stolz, ohne die Gäste eines Blicks zu würdigen, auf einen Fauteuil, um ihnen sichtbar zu zeigen, er sei der eigentliche Herr im Hause und ihm gebühre vor allem Bewunderung und Reverenz. Daß kein anderer Hund auch nur an den Zaun sich wagen durfte, war selbstverständlich, aber auch gewisse Leute, gegen die er einmal seine Abneigung murrend bekundet hatte, wie der Briefbote oder der Milchmann, sahen sich gezwungen, ihre Pakete oder Flaschen vor der Schwelle abzulegen, statt sie ins Haus bringen zu dürfen. Je mehr sich Limpley in seiner kindlichen Liebeswut erniedrigte, um so schlechter behandelte ihn das freche Tier, allmählich ersann sich Ponto sogar, so unwahrscheinlich es klingeln mag, ein ganzes System, um ihm zu beweisen, daß er Liebkosungen und Begeisterung zwar gnädig dulde, aber sich keineswegs durch diese täglichen Huldigungen zu irgendeiner Dankbarkeit verpflichtet fühle. Aus Prinzip ließ er Limpley bei jedem Anruf warten, und Pontos infernalische Verstellung ging allmählich so weit, daß er zwar den ganzen Tag über wie ein normaler vollblütiger Hund herumjagte, Hühner hetzte, im Wasser herumschwamm, gierig fraß, was ihm in den Weg kam und seinem Lieblingsvergnügen frönte, in lautlos raschem Lauf heimtückisch die Wiese zum Kanal mit der Wucht einer Petarde hinunterzusausen und die am Kanal aufgestellten Waschkörbe und Bottiche mit einem boshaft wilden Kopfstoß in das Wasser zu stoßen und dann mit einem riesigen Triumphgeheul die verzweifelten Frauen und Mädchen zu umtanzen, die ihre Wäsche Stück für Stück aus dem Wasser herausholen mußten. Sofort aber, wie die Stunde fällig war, da Limpley aus seinem Office kam, legte der raffinierte Komödiant die übermütige Haltung ab und nahm die unnahbare eines Sultans an. Faul hingelehnt und ohne das geringste Zeichen einer Bewillkommung erwartete er seinen Herrn, der mit heftigem »Hallo, Ponty« sich auf ihn stürzte, noch ehe er seine Frau begrüßt oder den Rock abgelegt hatte. Ponto regte nicht einmal das Schweifende zum Gegengruß. Manchmal ließ er sich großmütig auf den Rücken rollen und das weiche seidige Bauchfell kraulen, aber auch in solchen gnädigen Augenblicken hütete er sich wohl, durch irgendein Schnaufen oder behagliches Grunzen zu verraten, daß diese Liebkosung ihm wohltat ;

deutlich sollte sein höriger Knecht sehen, daß es nur eine Gnade sei, wenn er von ihm derlei Zärtlichkeiten sich überhaupt gefallen ließe. Und mit einem kurzen Knurren, das etwa sagen mochte : »Jetzt aber genug !«, drehte er sich dann plötzlich um und machte mit dem Spiel Schluß. Ebenso ließ er sich jedes Mal bitten, die geschnittene Leber, die ihm Limpley Stückchen für Stückchen bis vor das Maul schob, zu verspeisen. Manchmal schnüffelte er sie nur an und ließ sie trotz alles Zuredens verächtlich liegen, um nur darzutun, daß er nicht immer dann geruhe, seine Mahlzeiten zu sich zu nehmen, wenn dieser zweibeinige Knecht sie ihm servierte. Zu einem Spaziergang aufgefordert, drehte und reckte er sich zunächst erst faul und gähnte so ausführlich, daß man bis tief in seinen schwarzgefleckten Schlund sehen konnte ; jedes Mal bestand er zuerst darauf, mit irgendeiner frechen Haltung zu zeigen, daß ihm persönlich an einer Promenade nicht viel gelegen sei und er nur Limpley zuliebe sich von dem Sofa erhebe. Verwöhnt und dadurch unverschämt geworden, zwang er mit hunderterlei solchen Tricks seinen Herrn, vor ihm ständig die Haltung des Bettelnden und Bittenden einzunehmen ; eigentlich mußte man eher die servile Passioniertheit Limpleys »hündisch« nennen, als das Benehmen des impertinentes Tieres, das die Rolle eines orientalischen Paschas mit der größten schauspielerischen Vollendung spielte.

Wir beide, mein Mann und ich, konnten diese Unverschämtheiten dieses Tyrannen einfach nicht länger mitansehen. Klug wie er war, merkte Ponto bald unsere respektlose Einstellung und befliß sich nun seinerseits, in der gröblichsten Weise uns seine Mißachtung darzutun. Daß er Charakter besaß, war nicht zu leugnen ; seit dem Tage, da ihn unser Mädchen, als er eine unverkennbare Spur seines Vorbeiwandelns in einem Rosenbeet zurückgelassen, energisch aus unserem Garten hinausgewiesen hatte, durchschlüpfte er nie mehr die dichte Hecke, die unsere Grundstücke friedlich abgrenzte und weigerte sich trotz Limpleys Zureden oder Bitten, unsere Schwelle auch nur zu betreten. Auf seinen Besuch nun verzichteten wir mit Vergnügen ; peinlicher war dagegen, daß, wenn wir Limpley in seiner Begleitung auf der Straße oder vor dem Hause trafen und der gutmütig geschwätzige Mann mit uns Gespräch begann, das tyrannische Tier eine längere freundschaftliche Konversation, durch sein provokatorisches Benehmen verunmöglichte. Nach zwei Minuten begann er zornig zu jaulen oder zu knurren und stupste rücksichtslos Limpleys Bein mit dem vorgestemmten Kopf, was unverkennbar hieß : »Schluß jetzt ! Schwätze nicht mit solchen widerlichen Leuten.« Und beschämenderweise muß ich berichten, daß Limpley jedes Mal unruhig wurde. Zuerst versuchte er den Ungezogenen zu begütigen : »Gleich, gleich ! Wir gehen schon«, aber der Tyrann ließ sich nicht abfertigen, und so nahm – etwas beschämt und verwirrt – der arme Hörige Abschied von uns. Und mit stolz aufgereckten Hinterbacken, sichtlich triumphierend, daß er uns seine unbeschränkte Macht gezeigt, trabte das hochmütige Tier von hinnen ; ich bin sonst nicht gewalttätig, aber mir juckte dann immer die Hand, einmal, nur einmal diesem verwöhnten Luder eins mit der Peitsche überzuziehen.

Derart hatte Ponto, ein ganz gewöhnlicher Hund, es vermocht, unsere vormals so freundschaftlichen Beziehungen merklich abzukühlen. Limpley litt sichtlich darunter, daß er nicht mehr wie einst jeden Augenblick zu uns herüberstürmen konnte ; die Frau wiederum genierte sich, weil sie fühlte, wie sehr ihr Mann sich vor uns allen mit seiner Hörigkeit lächerlich machte. Mit diesen kleinen Plänkeleien verging abermals ein Jahr, während dessen das Tier womöglich noch frecher und herrschsüchtiger und vor allem noch raffinierter in seinen Demütigungen Limpleys wurde, bis dann eines Tages sich eine Veränderung ereignete, die alle Beteiligten in gleichem Maße überraschte, die einen freilich in heiterer, den Hauptbeteiligten in tragischer Art. Ich hatte nicht umhin können, meinem Mann zu berichten, daß Frau Limpley seit den letzten zwei oder drei Wochen mit einer merkwürdigen Scheu jedem längeren Gespräch auswich. Als gute Nachbarinnen liehen wir einander sonst gelegentlich dies und jenes, was jedes Mal Anlaß zu einer gemütlichen Plauderei ergab, denn ich mochte diese stille, bescheidene Frau wirklich von Herzen. Seit kurzem aber nahm ich bei ihr eine peinliche Hemmung wahr, mir nahezukommen ; sie sandte lieber das Hausmädchen, wenn sie etwas wünschte, sie zeigte sich, wenn ich sie ansprach, sichtlich befangen und ließ sicht nicht recht in die Augen sehen. Mein Mann, der für sie eine besondere Neigung hatte, redete mir zu, einfach zu ihr hinüberzugehen und sie geradewegs zu fragen, ob wir sie unbewußt in irgendeiner Weise gekränkt hätten. »Man soll derlei kleine Verstimmungen zwischen Nachbarn nicht aufkommen lassen. Und vielleicht ist es genau das Gegenteil von dem, was du befürchtest, vielleicht – und ich glaube es sogar – will sie dich um etwas bitten und hat nur nicht den Mut.« Ich nahm mir seinen Rat zu Herzen. Ich ging hinüber und fand sie in dem Gartensessel so völlig in ihre Träumerei vertieft, daß sie mein Kommen gar nicht hörte. Ich legte ihr die Hand auf die Schulter und sagte ganz ehrlich : »Frau Limpley, ich bin eine alte Frau, ich brauche keine Scheu mehr zu haben. Lassen Sie mich den Anfang machen. Wenn Sie irgendwie verstimmt sind gegen uns, sagen Sie mir offen, weshalb und warum.« Die arme kleine Frau fuhr ganz erschrocken auf. Wie ich so etwas denken könnte ! Sie sei nur nicht gekommen, weil... Sie errötete statt weiterzusprechen und begann zu schluchzen, aber es war, wenn ich so sagen darf, ein gutes, ein glückliches Schluchzen. Schließlich gestand sie mir alles ein. Nach neunjähriger Ehe hätte sie längst alle Hoffnung aufgegeben, Mutter zu werden, und selbst als in den letzten Wochen ihr Verdacht sich gemehrt hätte, daß das Unerwartete eintreten könnte, habe sich nicht den Mut gehabt, daran zu glauben. Vorgestern sei sie nun heimlich zum Arzt gegangen und sei nun gewiß. Aber sie habe es noch nicht über sich gebracht, ihrem Mann davon Mitteilung zu machen, ich kenne ihn ja, wie er sei ; sie habe beinahe Angst vor der Überschwenglichkeit seiner Freude. Ob es nicht das Beste wäre – sie hätte nur nicht den Mut gehabt, uns zu bitten – daß wir es übernehmen würden, ihn ein wenig vorzubereiten. Ich erklärte mich gern dazu bereit ; meinem Mann machte es besonderen Spaß, und er zäumte die Sache mit Absicht besonders vergnüglich auf. Er hinterließ Limpley einen Zettel, er lasse ihn bitten, sofort, wenn er vom Amt heimkehre, zu uns herüberzukommen. Und selbstverständlich stürmte in seiner prächtigen Beflissenheit der brave Kerl zu uns herüber, ohne auch nur sich Zeit zu nehmen, seinen Mantel abzunehmen. Er war sichtlich besorgt, daß bei uns etwas geschehen sei, und andererseits geradezu glücklich, seine freundschaftliche Dienstwilligkeit zu beweisen – fast möchte ich sagen : auszutoben. Atemlos stand er vor uns. Mein Mann bat ihn, sich an den Tisch zu setzen. Diese ungewohnte Feierlichkeit beunruhigte ihn, und er wußte wieder einmal nicht, wohin mit seinen großen, schweren, sommersprossigen Händen.

»Limpley«, begann mein Mann, »ich habe über Sie nachgedacht gestern abends, als ich in einem alten Buch las, daß jeder Mensch sich nicht zu viel wünschen sollte, sondern immer nur eines, nur eine einzige Sache. Da dachte ich mir : was würde sich zum Beispiel unser guter Nachbar wünschen, wenn ein Engel oder eine Fee oder sonst eines dieser liebeswürdigen Wesen ihn fragte : Limpley, was fehlt dir eigentlich noch ? Einen einzigen Wunsch gebe ich dir frei.«

Limpley sah verdutzt aus. Die Sache machte ihm Spaß, aber er traute dem Spaß nicht ganz. Er hatte noch immer das beunruhigte Gefühl, daß hinter dieser feierlichen Vorladung etwas Besonderes sich versteckte.

»Nun, Limpley, betrachten Sie mich als diese freundliche Fee«, beruhigte mein Mann seine Verdutztheit. »Haben Sie gar keinen Wunsch ?«

Limpley, halb ernst, halb lachend kraulte sich im kurzgeschorenen rötlichen Haar.

»Eigentlich gar keinen«, gestand er schließlich. »Ich habe doch alles, was ich will, mein Haus, meine Frau, meine sichere Stellung, meinen…« – ich merkte, daß er sagen wollte : meinen Hund, aber im letzten Augenblick es doch als unpassend empfand – »… ja, ich habe eigentlich alles.«

»Also keinen Wunsch an den Engel oder die Fee ?«

Limpley wurde immer heiterer. Er fühlte sich strahlend glücklich, einmal aussprechen zu können, wie restlos glücklich er war. »Nein… gar keinen.«

»Schade«, sagte mein Mann. »Sehr schade, daß ihnen gar nichts einfallen will«, und schwieg.

Limpley wurde es etwas unbehaglich unter dem prüfenden Blick. Er glaubte sich entschuldigen zu müssen.

»Etwas mehr Geld könnte man brauchen natürlich… ein kleines Avancement… aber wie gesagt, ich bin zufrieden… ich wüßte nicht, was ich mir sonst wünschen könnte.«

»Armer Engel«, sagte mit gespielter Feierlichkeit mein Mann. »So muß er mit leeren Händen zurückkommen, weil Mr. Limpley sich gar nichts mehr zu wünschen weiß. Nun, glücklicherweise ist er nicht gleich zurückgegangen, der gute gefällige Engel und hat zuvor noch Mrs. Limpley angefragt, und es scheint, er hat bei ihr etwas mehr Glück gehabt.«

Limpley stutzte. Der biedere Mann sah mit seinen wäßrigen Augen und seinem halboffenen Mund jetzt etwas einfältig aus. Aber er nahm sich zusammen und sagte beinahe ärgerlich – er konnte es nicht fassen, daß jemand, der zu ihm gehörte, nicht völlig zufrieden sein könnte : »Meine Frau ? Was kann die noch zu wünschen haben ?«

»Nun – vielleicht etwas anderes als einen Hund.«

Jetzt begriff Limpley. Es war wie ein Blitzschlag : unwillkürlich riß er die Augen im guten Schrecken so weit auf, daß man das Weiße statt der Pupille sah. Mit einem Ruck sprang er dann empor und rannte, seinen Mantel vergessend, und ohne sich bei uns zu entschuldigen, hinüber und stürmte wie ein Irrsinniger in das Zimmer seiner Frau.

Wir lachten beide. Aber wir wunderten uns nicht. Wir hatten, seine famose Impetuosität kennend, nichts anderes erwartet.

Aber jemand anderer wunderte sich. Jemand anderer, der faul und mit blinzelnden halbgeschlossen Augen auf dem Sofa lag und auf die zu jener Abendstunde ihm schuldige – oder schuldig vermeinte – Reverenz seines Herrn wartete : der schöngebürstete und selbstherrliche Ponto. Aber was war das ? Da stürmte, ohne ihn zu begrüßen, ohne ihm zu schmeicheln, der Mann an ihm vorüber in das Schlafzimmer, und er hörte Lachen und Weinen und Reden und Schluchzen, und das dauerte und dauerte und niemand kümmerte sich um ihn, dem doch nach Recht und Brauch der erste zärtliche Gruß gebührte. Eine Stunde verging. Das Mädchen brachte ihm das Geschirr mit dem Essen. Ponto ließ es verächtlich stehen. Er war gewohnt, gebeten, gedrängt, gefüttert zu werden. Böse knurrte er das Mädchen an. Man sollte sehen, daß er sich nicht so gleichgültig abfertigen lasse. Aber niemand bemerkte überhaupt an jenem erregtem Abend, daß er sein Essen verschmähte. Er war und blieb vergessen. Limpley sprach ohne Unterlaß auf seine Frau ein, überhäufte sie mit besorgten Anweisungen und umschmeichelte sie ; für Ponto hatte er in seinem Glücksüberschwang keinen Blick, und das hochmütige Tier war wiederum zu stolz, sich durch ein Herandrängen in Erinnerung zu bringen. Zusammengekauert blieb er in seiner Ecke und wartete, es konnte sich doch nur um ein Mißverständnis handeln, um eine einmalige, wenn auch kaum entschuldbare Vergeßlichkeit. Aber er wartete vergeblich. Auch am nächsten Morgen stürmte Limpley, der über seinen ungezählten Mahnungen, wie die junge Frau sich schonen sollte, beinahe den Autobus versäumt hätte, ohne jeden Gruß an ihm vorbei.

Das Tier war klug, ohne Zweifel. Aber diese plötzliche Veränderung ging über seinen Verstand. Zufällig stand ich gerade beim Fenster, als Limpley in den Autobus stieg, und sah, wie, kaum er entschwunden war, ganz langsam – und ich möchte sagen : gedankenvoll – Ponto aus dem Hause herausschlich und dem wegrollenden Gefährt nachblickte. Eine halbe Stunde verharrte er so unbeweglich, offenbar hoffend, sein Herr werde zurückkehren und den vergessenen Abschiedsgruß nachholen. Dann erst schob er sich langsam zurück. Den ganzen Tag über spielte und tollte er nicht, er umstrich nur langsam und nachdenklich das Haus ; vielleicht – wer von uns weiß, in welcher Weise und bis zu welchem Grade in einem tierischen Gehirn Vorstellungsreihen sich zu formen vermögen ? – grübelte er nach, ob er etwa selbst durch irgendein ungeschicktes Gehaben das unverständliche Ausbleiben der gewohnten Huldigung verschuldet habe. Gegen Abend, etwa eine halbe Stunde bevor Limpley zurückzukehren pflegte, wurde er sichtlich nervös ; er schlich mit eingezogenen Ohren immer wieder und wieder zum Zaun, um den Autobus rechtzeitig zu erspähen. Aber selbstverständlich hütete er sich zu zeigen, wie ungeduldig er gewartet hatte : kaum daß der Autobus zur gewohnten Stunde in Sicht kam, huschte er in das Zimmer zurück, legte sich wie sonst auf das Sofa und wartete.

Aber auch diesmal wartete er vergeblich. Auch diesmal eilte Limpley an ihm vorbei, und so ging es nun Tag für Tag. Einmal oder zweimal bemerkte ihn Limpley, rief ihm ein flüchtiges »Ach, da bist du ja, Ponto« zu und streichelte ihn im Vorübergehen. Aber es war nur eine gleichgültige, eine gedankenlose Liebkosung. Es war nicht mehr das alte Werben und Dienen, es gab kein Kosewort, kein Spiel, keinen Spaziergang mehr, nichts, nichts, nichts. An dieser schmerzlichen Gleichgültigkeit war nun Limpley, dieser grundgütige Mann, wirklich kaum schuldig zu nennen. Denn er hatte tatsächlich keinen anderen Gedanken, keine andere Sorge mehr als seine Frau. Kaum nach Hause gekommen, begleitete er sie auf jedem Wege und führte sie auf genau bemessenen Spaziergänge sorgfältig am Arm, nur damit sie keinen zu hastigen oder unvorsichtigen Schritt tue ; er überwachte ihre Kost und ließ sich vom Mädchen genauen Bericht über jede Stunde des Tages erstatten. Spät nachts, wenn sie zur Ruhe gegangen war, kam er fast täglich zu uns herüber, um bei mir als erfahrenen Frau Ratschlag und Trost zu holen ; er kaufte in den Warenhäusern schon die Ausstattung für das erwartete Kind zusammen, und all das tat er in einem Zustand ununterbrochener geschäftiger Erregung. Sein eigenes persönliches Leben war völlig ausgelöscht, er vergaß manchmal zwei Tage lang, sich zu rasieren, und kam mehrmals zu spät in sein Amt, weil er mit seinen unaufhörlichen

Ratschlägen den Autobus versäumt hatte. So war es nicht im mindesten Böswilligkeit oder innere Untreue, wenn er verabsäumte, Ponto spazierenzuführen oder sich um ihn zu bekümmern ; es war nur die Verworrenheit eines sehr passionierten und beinahe monomanisch veranlagten Menschen, der sich mit allen seinen Sinnen, Gedanken und Gefühlen an eine einzige Sache verlor. Aber wenn schon Menschen trotz ihres logisch voraus- und zurückdenkenden Verstandes kaum fähig sind, eine ihnen zugefügte Zurücksetzung ohne Groll zu entschuldigen, wie hätte das dumpfe Tier dies vermögen können. Ponto wurde von Woche zu Woche mehr nervös und gereizt. Sein Ehrgefühl ertrug nicht, daß man über ihn, den Herrn des Hauses, so einfach hinweglebte und er zur Nebenperson degradiert worden war. Wäre er vernünftig gewesen, er hätte sich bittend und schmeichelnd an Limpley herangedrängt ; dann hätte sein alter Gönner gewiß sich seiner Versäumnisse erinnert. Aber noch war Ponto zu stolz, um auf dem Bauche zu kriechen. Nicht er, sondern sein Herr sollte den ersten Schritt zur Versöhnung tun. So beschloß er durch allerhand Kunststücke auf sich aufmerksam zu machen. In der dritten Woche begann er plötzlich zu hinken und das linke Hinterbein wie lahm nachzuziehen. Unter normalen Umständen hätte Limpley ihn sofort zärtlich und aufgeregt untersucht, ob er sich nicht etwa einen Dorn in die Pfote getreten. Er hätte ihn bemitleidet und dringlich dem Tierarzt telephoniert, er wäre zweifelsohne des Nachts drei- oder viermal aufgestanden, um nach seinem Befinden zu sehen. Diesmal nahm jedoch weder er noch jemand anderer im Hause Notiz von dem komödiantischen Hinken, und Ponto blieb nichts anderes übrig, als es erbittert einzustellen. Abermals ein paar Wochen später versuchte er es mit einem Hungerstreik. Zwei Tage hindurch ließ er opfermutig seine Mahlzeit stehen. Aber niemand kümmerte sich um seinen schlechten Appetit, während sonst, wenn er einmal in tyrannischer Anwandlung sein Süppchen nicht bis zum Grund ausgeleckt, Limpley eilfertig ihm besondere Biscuits oder eine Wurstscheibe gebracht. Schließlich besiegte der animalische Hunger seinen Willen, er vertilgte seine Mahlzeit heimlich und mit schlechtem Gewissen, ohne daß sie ihm mundete. Ein anderes Mal versuchte er es wiederum, auf sich aufmerksam zu machen, indem er für einen Tag sich versteckte. Vorsichtigerweise hatte er sich irgendwo in der Nähe hingekauert, in dem alten, unbenutzten Holzschuppen, von dem aus er den besorgten Ruf »Ponto ! Ponto !« mit Genugtuung hören konnte. Aber niemand rief, niemand bemerkte oder erregte sich über seine Abwesenheit. Seine Tyrannis war gebrochen. Er war abgesetzt, erniedrigt, vergessen und ahnte nicht einmal, warum.

Ich glaube, ich war die erste, welche die Veränderung bemerkte, die in diesen Wochen mit dem Hund begann. Er magerte ab, er bekam einen anderen Gang. Statt wie früher aufrecht mit emporgestemmten Hinterbacken frech zu stolzieren, schlich er wie geprügelt herum, sein Fell, vordem täglich auf das sorglichste gebürstet, verlor seinen seidigen Glanz. Wenn man ihm begegnete, bückte er den Kopf, daß man seine Augen nicht sehen konnte und strich eilig vorbei. Aber obwohl man ihn erbärmlich erniedrigt hatte, war sein alter Stolz noch immer nicht gebrochen ; noch schämte er sich vor uns andern, und seine innere Wut fand keinen anderen Auslauf als in verdoppelten Angriffen auf die Waschkörbe : in einer Woche stieß er nicht weniger als drei in den Kanal, um gewaltsam zu zeigen, daß es vorhanden sei und man ihn zu respektieren habe. Aber auch dies half ihm nichts, außer daß die erregten Mägde ihn mit Prügel bedrohten. Alle seine Künste und Schliche, sein Fasten, sein Hinken, sein Fortbleiben, sein spähendes Herumsuchen erwiesen sich als vergeblich – und unnütz quälte sich sein schwerer quadratischer Kopf : etwas Geheimnisvolles mußte sich damals an jenem Tage ereignet haben, das er nicht verstand. Etwas war und blieb seitdem im Hause und bei allen Menschen im Hause verändert, und mit Verzweiflung erkannte Ponto, daß er machtlos war gegen das Hinterhältige, was dort geschah oder geschehen war. Zweifellos : jemand stand gegen ihn, irgendeine fremde, böse Macht. Er, Ponto, hatte einen Feind. Einen Feind, der mächtiger war als er, und dieser Feind war unsichtbar, war unfassbar. Man konnte ihn nicht anpacken, ihn nicht zerfleischen, ihm nicht die Knochen zerbeißen, diesem schurkischen, tückischen, feigen Widersacher, der ihm alle Macht im Hause genommen. Da half kein Schnüffeln an allen Türen, kein Spähen, kein mit gespitzten Ohren Lauern, kein Grübeln, kein Beobachten, er war und blieb unsichtbar, dieser Feind, dieser Teufel, dieser Dieb. Wie ein Irrer trieb Ponto sich rastlos in diesen Wochen rings um den Zaun herum, um eine Spur dieses Unsichtbaren, dieses Teufels zu entdecken, aber er spürte nur mit seinen aufgeregten Sinnen, daß im Hause sich etwas vorbereitete, das er nicht verstand und mit diesem Erzfeind zu tun haben müßte. Vor allem war da plötzlich eine ältliche Frau erschienen – die Mutter Frau Limpleys – und schlief nachts auf dem Sofa im Speisezimmer, »seinem« Sofa, auf dem er sonst zu lungern pflegte, wenn ihm sein großer wohlgepolsterter Korb nicht behagte. Dann wieder wurden – wozu ? – allerhand Gegenstände gebracht, Leinenzeug und Pakete, immer wieder schellte es an der Tür, und mehrmals zeigte sich ein bebrillter schwarzgekleideter Herr, der nach etwas Scheußlichem, nach scharfen, unmenschlichen Tinkturen roch. Die Tür zum Schlafzimmer der Frau ging ständig auf und zu und immer wieder wurde dahinter getuschelt, oder sie saßen, die Frauen, beisammen und klimperten mit dem Nähzeug. Was hatte das alles zu bedeuten, und warum war er ausgeschlossen und entrechtet ? Ponto bekam von dem unablässigen Grübeln allmählich einen stieren, beinahe gläsernen Blick ; was den Tierverstand vom Menschenverstand unterscheidet, ist ja, daß er ausschließlich im Vergangenen und Gegenwärtigen begrenzt ist und Zukünftiges nicht zu imaginieren oder zu errechnen vermag. Und hier, das spürte dieses dumpfe Tier mit verzweifelter Qual, war etwas im Werden und Geschehen, das wider ihn ging und das er doch nicht abwehren oder bekämpfen konnte.

Sechs Monate dauerte es im ganzen, ehe der stolze, herrische, verwöhnte Ponto, erschöpft von diesem vergeblichen Kampf, demütig kapitulierte, und seltsamerweise war ich es, vor der er die Waffen streckte. Ich hatte mich an jenem Sommerabend, während mein Mann im Zimmer seine Patiencen legte, noch ein wenig in den Garten gesetzt ; auf einmal spürte ich ganz leicht und zaghaft etwas Warmes sich an mein Knie anschmiegen. Es war Ponto, der in seinem gekränkten Hochmut anderthalb Jahre unseren

Garten nicht mehr betreten hatte und jetzt in seiner Verstörung bei mir Zuflucht suchte. Ich mochte ihn vielleicht in jenen Wochen, während alle andern ihn vernachlässigten, einmal im Vorübergehen angerufen oder gestreichelt haben, so daß er sich meiner in dieser seiner letzten Verzweiflung entsann, und nie werde ich den bittenden, drängenden Blick vergessen, mit dem er nun zu mir aufschaute. Der Blick eines Tieres vermag in höchster Not viel eindringlicher, fast möchte ich sagen, sprechender zu werden als der des Menschen, denn wir geben das Meiste unserer Gefühle, unserer Gedanken an das vermittelnde Wort, indes das der Sprache nicht mächtige Tier genötigt ist, allen Ausdruck in seine Pupille zusammenzudrängen – nie habe ich Ratlosigkeit so rührend und so verzweifelt gesehen als damals in Pontos unbeschreiblichem Blick, während seine Pfote leise an meinem Rocksaum kratzte und bettelte. Er bat, ich verstand es bis zur Erschütterung : »Erkläre mir doch, was hat mein Herr, was haben sie alle gegen mich ? Was geht dort im Hause gegen mich vor ? Hilf mir doch, sag' mir doch : was soll ich tun ?« Ich wußte wirklich nicht, was zu tun angesichts dieser rührenden Bitte. Unwillkürlich streichelte ich ihn und murmelte halblaut : »Mein armer Ponto, deine Zeit ist vorbei. Du wirst dich daran gewöhnen müssen, wie wir uns gewöhnen müssen an Vieles und

Schlimmes.« Ponto spitzte bei meinen Worten die Ohren, die Falten zogen auf seiner Stirn sich qualvoll zusammen, als ob er durchaus meine Worte erraten wollte. Ungeduldig scharrte er dann mit der Pfote, es war eine drängende, ungeduldige Geste, die etwa meinte : »Ich verstehe dich nicht. Erklär's mir doch ! Hilf mir doch !« Aber ich wußte, daß ich ihm nicht helfen konnte. Ich streichelte und streichelte ihn, um ihn zu beruhigen. Doch zutiefst spürte er, daß ich keinen Trost für ihn hatte. Still stand er auf und verschwand ohne sich umzublicken, so lautlos wie er gekommen war.

Einen ganzen Tag, eine ganze Nacht blieb Ponto verschwunden ; wäre er ein Mensch gewesen, mich hätte die Sorge gepackt, er habe Selbstmord verübt. Erst am Abend des nächsten Tages tauchte er auf, verschmutzt, hungrig, verwildert und etwas zerbissen ; er dürfte in seiner ohnmächtigen Wut irgendwo fremde Hunde angefallen haben. Aber neue Erniedrigung erwartete ihn. Das Mädchen ließ ihn überhaupt nicht ins Haus und trug ihm die volle Schlüssel vor die Schwelle, ohne ihn weiter zu beachten. Diese grobe Beleidigung war nun durch besondere Umstände gerechtfertigt, denn gerade war die schwere Stunde der Frau gekommen und die Räume voll beschäftigter Menschen. Limpley stand ratlos herum mit rotem Kopf und zitternd vor Aufregung, die Hebamme lief hin und her, assistiert vom Arzt, die Schwiegermutter saß tröstend neben dem Bett, und das Mädchen hatte alle Hände voll zu tun. Auch ich selbst war herübergekommen und wartete im Speisezimmer, um notfalls behilflich sein zu können, und so hätte Pontos Anwesenheit tatsächlich nur eine lästige Störung bedeutet. Aber wie sollte er dies mit seinem dumpfen Hundegehirn erfassen ? Das erregte Tier begriff nur, daß man ihn zum erstenmal aus dem Hause – aus seinem Hause – wie einen Fremden, wie einen Bettler, wie einen Störenfried hinausgewiesen hatte, daß man ihn tückisch von etwas Wichtigem fernhielt, das dort hinter verschlossenen Türen vor sich ging. Seine Wut war unbeschreiblich, und er zerknackte mit seinen mächtigen Zähnen die hingeworfenen Knochen, als wären sie der Nacken des unsichtbaren Feindes. Dann schnupperte er herum ; seine geschärften Sinne rochen, daß hier andere fremde Menschen ins Haus – in sein Haus – gedrungen, er witterte auf dem Estrich die ihm schon bekannte Spur des verhaßten schwarzgekleideten Mannes mit der Brille. Aber da waren noch andere mit im Bunde, und was taten sie drinnen ? Das erregte Tier horchte mit aufgestellten Ohrenspitzen. Es hörte, eng angeschmiegt an die Wand, leise und laute Stimmen, Stöhnen und Schreien und dann Plätschern, Schritte, die hastig gingen, Gegenstände, die gerückt wurden, Klirren von Gläsern und Metall

– etwas, etwas geschah dort drinnen, was er nicht verstand. Aber instinktiv spürte er, es war das Gegen-Ihn. Es war das, was seine Erniedrigung, seine Entrechtung verschuldet hatte – es war der Feind, der unsichtbare, der infame, der feige, der schurkische Feind, und jetzt war er wirklich zur Stelle. Jetzt war er sichtbar, jetzt konnte man ihn packen und ihm endlich den verdienten Genickfang geben. Mit gespannten, vor Erregung zitternden Muskeln duckte das mächtige Tier sich zusammen neben die Haustür, um sofort, wenn sie sich auftun sollte, hineinzuschießen. Diesmal sollte er ihm nicht mehr entkommen, der tückische Feind, der Usurpator seines Rechts und Vorrechts, der Mörder seines Friedens !

Von all dem ahnten wir im Hause nichts. Wir waren zu erregt und zu beschäftigt. Ich mußte – und das bedeutet keine geringe Mühe – Limpley beruhigen und trösten, dem der Arzt und die Hebamme den Zugang in das Schlafzimmer verboten hatten ; er litt mit seinem ungeheuren Mitgefühl in diesen zwei Stunden des Wartens vielleicht mehr als die Wöchnerin. Endlich kam die gute Kunde, und nach einer Weile wurde der in Freude und Angst hinschwankende Mann vorsichtig in das Schlafzimmer gelassen, um sein Kind – ein Mädchen, wie die Hebamme schon vordem berichtet hatte – und die Mutter zu sehen. Er blieb lange, und wir, die Schwiegermutter und ich, die selbst schon solche Stunden erlebt, tauschten, allein gelassen, unterdessen lange Erinnerungen freundschaftlich aus. Endlich tat sich die Türe auf, Limpley erschien, gefolgt von dem Arzt. Er trug das Kind im Wickelkissen, um es uns stolz zu zeigen, und er trug es wie ein Priester die Monstranz ; sein biederes, breites, ein wenig einfältiges Gesicht war von einem Glanz des Glücks beinahe schon erhellt. Unaufhaltsam liefen ihm die Tränen nieder, die er nicht zu trocknen wußte, denn mit beiden Händen hielt er das Kind wie etwas unsagbar Kostbares und Zerbrechliches. Der Arzt hinter ihm, an derlei Szenen gewöhnt, zog sich unterdessen den Mantel an. »Mein Geschäft ist hier zu Ende«, lachte er, grüßte und ging arglos zur Tür.

Aber in der knappen Sekunde, da der Arzt die Tür ahnungslos öffnete, schoß an seinen Beinen etwas vorbei, etwas, das dort mit gespannten Muskeln gelegen und gekauert hatte, und schon war Ponto mitten im Zimmer und füllte es mit einem rasenden Geheul. Er hatte sofort gesehen, daß Limpley einen neuen Gegenstand hielt, zärtlich hielt, den er nicht kannte, etwas Kleines und Rotes und Lebendiges, das wie eine Katze jaulte und nach Mensch roch – ha ! Das war der Feind, der langgesuchte, der versteckte, verborgene Feind, der Räuber seiner Macht, der Mörder seines Friedens ! Zerreißen ! Zerfleischen !

Und mit gefletschten Zähnen sprang er Limpley an, um ihm das Kind zu entreißen. Ich glaube, wir alle schrien gleichzeitig auf, denn der Ansprung des mächtigen Tieres war so jäh und gewaltsam, daß der schwere, vierschrötige Mann unter der Wucht des Anpralls taumelte und gegen die Wand hinfiel. Aber im letzten Augenblick hatte er noch instinktiv das Wickelkissen mit dem Kinde hochgehalten, damit nur dem Kinde nichts geschehe, und mit raschem Griff hatte ich es an mich genommen, bevor er hinstürzte. Sofort warf sich der Hund gegen mich. Glücklicherweise schleuderte der Arzt, der bei unserem gellenden Aufschrei zurückgestürzt war, geistesgegenwärtig einen schweren Sessel gegen das rasende, mit blutunterlaufenen Augen und geifrigem Mund schäumende Tier, daß ihm die Knochen krachten. Ponto heulte auf vor Schmerz und wich einen Augenblick zurück, aber nur, um mich dann sofort von neuem in seiner frenetischen Wut anzufallen. Jedoch dieser eine Augenblick hatte genügt, daß Limpley sich von seinem Fall aufraffen konnte und mit einem Zorn, der dem seines Hundes grauenhaft ähnlich war, sich auf das Tier stürzte. Ein furchtbarer Kampf begann. Limpley, breit, schwer und kräftig, hatte sich mit der ganzen Wucht seines Körpers über Ponto geworfen, um ihn mit seinen starken Händen zu erwürgen, und beide wälzten sich als eine einzige ringende Masse auf dem Boden. Ponto schnappte und Limpley würgte, das Knie auf die Brust des Tieres gestemmt, das immer wieder seinem eisernen Griff sich entwand ; wir alten Frauen flüchteten, um das Kind zu schützen, in das Nebenzimmer, während der Arzt und das Mädchen sich jetzt gleichfalls auf das rasende Tier stürzten. Sie schlugen auf Ponto ein mit allem, was ihnen gerade in die Hand kam, es klirrte und krachte von Holz und Glas, sie hämmerten mit den Fäusten und trampelten mit den Füßen zu dritt so lange auf ihn los, bis das tolle Bellen in ein keuchendes Röcheln überging ; schließlich wurde das nur mehr schwach und zuckend atmende, völlig erschöpfte Tier an Vorderbeinen und Hinterbeinen vom Arzt und dem Mädchen und meinem Mann, der auf den Lärm hin herbeigeeilt war, mit seiner eigenen Lederleine und Stricken gefesselt und mit einem niedergerissenen Tischtuch geknebelt. Völlig wehrlos gemacht und halb betäubt wurde er dann aus dem Zimmer geschleift. Vor der Schwelle warf man ihn hin wie einen Sack, und nun erst eilte der Arzt zurück, um zu helfen.

Limpley war unterdessen, schwankend wie ein Betrunkener, hinübergetorkelt in das andere Zimmer, um nach dem Kind zu sehen. Es war unverletzt und starrte aus kleinen schläfrigen Augen auf ihn. Auch für die Frau, die durch das Getöse aus ihrem schweren erschöpften Schlummer erwacht war, bestand keinerlei Gefahr ; mühsam und zärtlich wandte sie ein blasses Lächeln ihrem Manne zu, der ihre Hande streichelte. Jetzt erst vermochte er an sich zu denken. Er sah furchtbar aus, weiß das Gesicht mit den irren Augen, der Kragen abgerissen, die Kleider zerknittert und bestaubt ; erschreckt bemerkten wir, daß aus seinem rechten zerfetzten Ärmel Blut den Estrich entlang troff und tropfte. Er selbst war in seinem Furor gar nicht gewahr geworden, daß ihn das gewürgte Tier in verzweifelter Gegenwehr zweimal tief ins Fleisch gebissen ; man entkleidete ihn und der Arzt eilte sich, ihm einen Verband anzulegen. Das Mädchen brachte unterdess einen Brandy, denn der Erschöpfte war vor Erregung und durch den Blutverlust einer Ohnmacht nahe, und mit Mühe gelang es uns, ihn auf ein Sofa zu betten ; dort verfiel er, der schon zwei Nächte vor erregter Erwartung nicht richtig geruht hatte, in einen tiefen Schlaf.

Unterdessen überlegten wir, was mit Ponto zu beginnen. »Abschießen«, rief mein Mann und wollte schon hinüber, um seinen Revolver zu holen. Aber der Arzt erklärte, es sei seine Pflicht, das Tier ohne eine Minute Zeitverlust an eine Beobachtungsstelle zu bringen, um aus seinem Sputum festzustellen, ob er nicht tollwütig sei, weil in diesem Fall Limpleys Biß noch besondere Vorsichtsmaßregeln erfordern würde ; er wolle

Ponto gleich auf sein Auto laden. Wir gingen alle hinaus, dem Arzt behilflich zu sein. Vor der Tür lag – ein Anblick, den ich nie vergessen werde – wehrlos in seinen Fesseln das Tier ; kaum es uns kommen hörte, drehte sich das blutunterlaufene Auge gewaltsam vor, als wollte es aus den Lidern springen. Er knirschte mit den Zähnen und würgte und schluckte, um den Knebel auszuspeien, während seine Muskeln sich zugleich wie Stricke spannten : der ganze gekrümmte Leib vibrierte in einem einzigen krampfigen Zittern ; ich muß offen gestehen, daß, obwohl wir ihn verläßlich gebunden wußten, wie einer wie der andere zögerten, ihn anzupacken ; nie im Leben hatte ich etwas ähnliches an zusammengeballtem, mit allen bösen Instinkten geladenem Zorn gesehen, nie so viel Haß in einem irdischen Auge als in dem blutunterlaufenen und blutgierigen Blick. Und unwillkürlich durchzuckte mich die Angst, ob mein Mann nicht Recht habe mit seinem Vorschlag, das Tier einfach abzuschießen. Aber der Arzt bestand auf dem sofortigen Abtransport, und so wurde das gefesselte Tier in das Auto geschleift und trotz seines ohnmächtigen Widerstrebens wegbefördert.

Mit diesem wenig rühmlichen Abgang verschwand Ponto für längere Zeit aus unserem Gesichtskreise. Gelegentlich erfuhr mein Mann, die mehrtägige Beobachtung auf der Pasteurabteilung habe auch nicht das geringste Anzeichen für das Vorhandensein von infektiöser Tollwut ergeben, und da eine Rückkehr an die Stätte seiner Untat ausgeschlossen war, habe man Ponto einem Fleischermeister in Bath geschenkt, der auf der Suche nach einem kräftigen, bullenbeißerischen Tier gewesen. Wir dachten nicht weiter an ihn, und auch Limpley, der nur zwei oder drei Tage den Arm hatte in der Binde tragen müssen, vergaß ihn ganz ; seine Leidenschaft und Sorge konzentrierte sich, seit seine Frau vom Kindbett genesen war, ganz auf das winzige Töchterchen, und ich brauche kaum zu erwähnen, daß sie ebenso fanatisch, ebenso übertreiblich sich gebärdete wie zu Pontos Zeiten und womöglich noch närrischer. Der schwere, mächtige Mann kniete vor dem Wägelchen mit dem Kinde wie auf den Bildern der alten italienischen Meister die Heiligen Drei Könige vor der Krippe ; jeden Tag, jede Stunde, jede Minute entdeckte er andere Herrlichkeiten an dem – an und für sich reizenden – rosigen Geschöpfchen. Die stille bescheidene Frau lächelte diesen väterlichen Anbetungen ungleich freundlicher zu als seinerzeit den sinnlosen Vergötterungen des anmaßenden Vierfüßlers, und auch für uns ergab sich manche gute Stunde, denn vollkommenes, wolkenloses Glück in der Nachbarschaft zu haben, legt unwillkürlich ein freundliches Licht um das eigene Haus.

An Ponto hatten wir alles, wie gesagt, schon vollkommen vergessen, als ich eines Abends an sein Vorhandensein in überraschender Weise erinnert wurde. Ich war mit meinem Mann spät nachts aus London zurückgekommen, wo wir einem Konzert Bruno Walters beigewohnt hatten, und ich konnte nicht einschlafen, ich wußte nicht, warum. Waren es die nachschwingenden Melodien der *Jupiter-Symphonie*, die ich unbewußt zurückzufinden mich bemühte, war es die weiße, mondhelle weiche Sommernacht ? Ich stand auf – es mochte schon gegen zwei Uhr morgens sein – und blickte hinaus. Der Mond segelte hoch oben mit leiser Gewalt, wie von einem unsichtbaren Wind getrieben, durch den von seinem Licht silbern erhellten Wolkenflor, und jedes Mal, wenn er rein und blank vortrat, leuchtete der ganze Garten wie in Schnee gehüllt. Alles lag lautlos still ; ich hatte das Gefühl, wenn ein einziges Blatt sich gerührt hätte, wäre es mir nicht entgangen. So erschrak ich beinahe, als ich plötzlich bemerkte, daß in dieser absoluten Stille sich an der Hecke zwischen unsern beiden Gärten etwas lautlos bewegte, etwas Schwarzes, das sich weich und unruhig vom erhellten Rasen abzeichnete. Unwillkürlich interessiert, blickte ich hin. Es war kein Wesen, es war nichts Lebendiges, nichts Körperliches, das dort unruhig sich bewegte. Es war ein Schatten. Nur ein Schatten.

Aber es mußte der Schatten eines lebendigen Wesens sein, das, selbst von der Hecke gedeckt, sich vorsichtig und schleicherisch bewegte, der Schatten eines Menschen oder eines Tieres. Ich weiß es vielleicht nicht richtig auszudrücken, aber das Gedrückte, das Hinterhältige, das Lautlose dieses Schleichens hatte etwas Beunruhigendes ; ich dachte, wie Frauen immer ängstlich sind, zuerst an einen Einbrecher oder Mörder, und das Herz begann mir in die Kehle zu pochen. Aber da war dieser Schatten schon von der Gartenhecke an die obere Terrasse gelangt, wo der Zaun begann, und den Stäben entlang schlich jetzt, merkwürdig zusammengezogen, das Lebendige selbst vor seinem Schatten – es war ein Hund, und ich erkannte ihn sofort ; es war Ponto. Ganz langsam, ganz vorsichtig, und, man sah es, bereit, beim ersten Geräusch wegzuflüchten, schnupperte sich Ponto an Limpleys Haus heran ; es war – ich weiß nicht, warum mir dieser Gedanke blitzartig kam –, als ob er etwas auskundschaften wollte, denn es war keineswegs das freie, lockere Spüren eines Hundes, der eine Spur suchte ; es war in seinem Gehaben etwas von einem, der etwas Verbotenes tut oder etwas Heimtückisches plant. Er hielt die Schnauze nicht etwa schnuppernd am Boden, er lief nicht mit entspannten Muskeln, sondern schob sich, den Bauch beinahe ganz an die Erde gepreßt, um sich weniger sichtbar zu machen, Zoll für

Zoll vor, wie ein Jagdhund sich an sein Opfer heranpirscht. Unwillkürlich beugte ich mich vor, um ihn besser zu beobachten. Aber dabei mochte ich ungeschickterweise das Fenster angestreift und ein leises Geräusch gemacht haben, denn mit einem lautlosen Sprung war Ponto im Dunkel verschwunden. Es schien, als hätte ich all das nur geträumt. Leer, weiß, blank, unbewegt lag der Garten wiederum im Mondlicht.

Ich weiß nicht warum, aber ich schämte mich, meinem Mann davon zu erzählen ; es konnte ja wirklich nur eine Sinnestäuschung gewesen sein. Aber als ich am nächsten Morgen Limpleys Hausmädchen auf der Straße traf, fragte ich sie ganz beiläufig, ob sie Ponto in der letzten Zeit wieder einmal gesehen. Das Mädchen wurde unruhig und ein wenig verlegen ; erst lebhaft ermutigt, gestand sie mir, mehrmals und unter sonderbaren Umständen ihm begegnet zu sein. Sie könne es eigentlich nicht erklären, aber sie habe Angst vor ihm. Vor vier Wochen sei sie mit dem Kinderwagen in der Stadt gewesen, und plötzlich habe sie ein gräßliches Gebell gehört ; von dem vorbeifahrenden Fleischerkarren habe Ponto gegen sie oder, wie sie glaubte, gegen den Wagen mit dem Kinde losgeheult und hätte sich schon zum Sprung zusammengeduckt. Glücklicherweise sei das Lastautomobil so rasch gefahren, daß er den Sprung nicht wagen konnte, aber sein wütendes Gebell sei ihr durch Mark und Bein gegangen. Natürlich habe sie Mr. Limpley nicht verständigt. Es hätte ihn nur unnötig aufgeregt, und sie habe doch auch gemeint, der Hund sei in Bath in sicherer Hut. Aber jüngst, am Nachmittag, als sie aus der alten Holzhütte ein paar Scheite hätte holen wollen, habe sie dort im Dunkel etwas gerührt ; sie hätte schon aufschreien wollen vor Angst, da habe sie erkannt, daß es Ponto sei, der sich dort versteckt habe, und sofort sei er weggewischt durch die Hecke in unserem Garten. Seitdem habe sie den Verdacht, daß er öfters hier sich verberge, und er müsse auch nachts um das Haus herumstreichen, denn jüngst nach dem schweren Gewitter in der Nacht habe sie deutlich auf dem nassen Sand Pfotenspuren gesehen, und sie hätten deutlich gezeigt, daß er mehrmals das ganze Haus umkreist habe. Offen gezeigt habe er sich freilich niemals ; zweifellos schleiche er sich nur dann heimlich durch unsere Hecke oder die der Nachbarn, sobald er sicher sei, daß niemand ihn beobachte. Ob ich mir denken könne, daß er noch einmal zurückwolle ? Mister Limpley würde ihn doch nie mehr ins Haus lassen, und Hunger könne er auch nicht leiden bei einem Fleischer, sonst hätte er doch zuerst bei ihr in der Küche gebettelt. Irgendwie sei ihr das Herumschleichen unheimlich, ob ich meine, daß sie nicht doch Mr. Limpley oder wenigstens seine

Frau davon sagen sollte. Wir überlegten und kamen überein, daß, wenn er sich noch einmal zeigen sollte, wir seinen neuen Herrn, den Fleischer, verständigen würden, damit er Pontos seltsame Besuche abstelle ; Limpley wollten wir zunächst gar nicht an die Existenz des verhaßten Tieres erinnern.

Ich glaube, das war ein Fehler von uns, denn vielleicht – wer kann es sagen ? – wäre verhindert worden, was am nächsten, an dem gräßlich unvergeßbaren Sonntag geschah. Mein Mann und ich waren zu den Limpleys hinübergegangen, und wir saßen auf leichten Gartensesseln plaudernd an der kleinen unteren Terrasse, von der dann in ziemlich steilem Abhang die Wiese zum Kanal hinunterging. Neben uns auf derselben flachen Rasenterrasse stand der Kinderwagen, und ich muß nicht sagen, daß der närrische Vater jede fünf Minuten mitten im Gespräch aufstand, um sich an dem Kinde zu entzücken. Schließlich, es war ein reizendes Kind geworden, und es sah an jenem goldenleuchtenden Nachmittag wirklich entzückend aus, wie es vom Schatten des aufgeschlagenen Wagendachs mit blinzelnden blauen Augen in den Himmel lachte und mit seinen zierlichen, noch ein wenig täppischen Händchen nach den Sonnenkringeln auf der Decke griff – der Vater jubelte dazu, als habe ein solches Wunder der Vernunft sich noch nie ereignet, und wir taten ihm den Gefallen, gleichfalls zu tun, als ob wir derlei noch niemals gesehen. Dieser Anblick, dieser letzte glückliche, ist mir für immer im Gedächtnis geblieben. Dann rief von der oberen Terrasse, die von der Veranda des Hauses beschattet war, Frau Limpley zum Tee. Limpley beruhigte das Kindchen, als ob es ihn verstehen könnte : »Gleich ! Gleich kommen wir zurück !« Wir ließen den Wagen mit dem Kinde auf dem schönen Rasenplatz, der von der schärfsten Sonne durch ein Laubdach kühlend geschützt war, und schlenderten langsam die wenigen Minuten – es mochten etwa zwanzig Meter von der unteren zur oberen Terrasse sein, die beide durch eine Pergola mit Rosen gegeneinander unsichtbar waren – zum gewohnten Teeplatz im Schatten empor. Wir plauderten, und ich brauche kaum zu sagen, wovon wir plauderten : Limpley war wunderbar heiter, aber seine Heiterkeit wirkte diesmal gar nicht unstatthaft angesichts eines so seidigblauen Himmels, eines derart sonntäglichen Friedens und im Schatten eines gesegneten Hauses ; sie war gleichsam nur eine menschliche Spiegelung dieses seltenen Sommertags.

Plötzlich wurden wir aufgeschreckt. Vom Kanal her kamen grelle entsetzte Schreie, Stimmen von Kindern und Angstrufe von Frauen. Wir stürzten den grünen Abhang hinunter, Limpley uns allen voran. Sein erster Gedanke galt dem Kinde. Aber zu unserem Entsetzen stand die untere Terrasse, wo wir noch vor wenigen Minuten den Wagen mit dem heiter schlummernden Baby in voller Sicherheit zurückgelassen, leer, und die Schreie vom Kanal her schrillten immer greller und aufgeregter. Wir eilten hinab. An dem andern Ufer gestikulierten eng aneinandergepreßt einige Frauen mit ihren Kindern und starrten auf den Kanal. Und da schwamm umgestülpt im Wasser der Kinderwagen, den wir friedlich und sicher auf der unteren Terrasse vor zehn Minuten verlassen hatten. Ein Mann hatte bereits einen Kahn gelöst, um das Kind zu retten, ein anderer war hinabgetaucht. Aber alles war zu spät. Erst nach einer Viertelstunde konnte die Leiche des Kindes aus dem grünlich mit Algen durchzogenen Brackwasser emporgeholt werden.

Ich kann die Verzweiflung der unseligen Eltern nicht schildern. Oder vielmehr, ich will gar nicht versuchen, sie zu schildern, denn ich möchte an diese entsetzlichen Augenblicke nie in meinem Leben mehr zurückdenken. Telephonisch verständigt, erschien ein Polizeikommissär, um festzustellen, wie sich das Furchtbare ereignet habe. Ob Fahrlässigkeit von seiten der Eltern oder ein Unfall oder ein Verbrechen vorläge. Man hatte den schwimmenden Kinderwagen längst aus dem Wasser gezogen und stellte ihn auf Anweisung des Kommissärs genau an seinen alten Platz auf der unteren Terrasse. Dann versuchte der Chief Constable persönlich, ob, wenn man es leicht anstieß, das Wägelchen von selbst den Abhang hinunterrollen könne. Aber die Räder rührten sich kaum in dem dichten hohen Gras. Es war also ausgeschlossen, daß etwa ein Windstoß ein solches jähes Herabrollen von dem durchaus ebenen Terrain hätte verursachen können. Der Kommissär versuchte ein zweites Mal und stieß nun etwas heftiger. Der Wagen rollte einen halben Schritt und blieb dann stehen. Aber die Terrasse war mindestens sieben Meter breit und der Wagen hatte – die Räderspur bewies es – fest und sicher in ziemlicher Entfernung von der Senkung gestanden. Erst als der Kommissär mit wirklich vehementem Anschwung gegen den Wagen anrannte, lief er den Hügel entlang und kam ins Niederrollen. Es mußte also etwas Unvorgesehenes den Wagen plötzlich in Bewegung gesetzt haben. Aber wer oder was ? Das war das Rätsel. Der Polizeikommissär nahm die Kappe von der schwitzenden Stirn und kraulte immer nachdenklicher das struppige Haar ; er verstünde das nicht. Ob schon je ein Gegenstand – auch nur ein Spielball – von selbst die Terrasse heruntergerollt sei. »Nein ! Niemals !« beteuerten alle. Ob irgendein Kind in der Nähe oder im Garten sich aufgehalten habe, ein Kind, das vielleicht übermütig mit dem Wagen gespielt haben könnte ? Nein ! Niemand ! Ob sonst jemand in der Nähe sich befunden hätte ? Nein ! Niemand ! Die Gartenpforte sei verschlossen gewesen, und keiner von den Spaziergängern am Kanal hatte irgendeinen Menschen kommen oder sich entfernen gesehen. Als einziger tatsächlicher Augenzeuge konnte nur jener Arbeiter gelten, der entschlossen ins Wasser gesprungen war, um das Kind zu retten ; aber noch ganz triefend und verstört, wußte er nicht zu berichten, als daß seine Frau und er nichtsahnend am Rande des Kanals spaziergegangen seien. Da wäre plötzlich von dem Hange des Gartens der Kinderwagen herabgerollt, rascher und immer rascher, und im Wasser sofort umgeschlagen. Da er zu sehen glaubte, daß ein Kind im Wasser schwimme, sei er sofort herangelaufen, hätte den Rock abgeworfen und es aus dem Wasser zu retten versucht, aber sei durch das dichte Gewirr der Algen nicht so rasch durchgekommen, wie er gehofft habe. Mehr wisse er nicht.

Der Kommissär wurde immer verzweifelter. Einen solchen abstrusen Fall hätte er noch nie erlebt. Er könne sich das einfach nicht ausdenken, wie der Wagen habe ins Rollen kommen können. Die einzige Möglichkeit sei, daß das Kind sich vielleicht plötzlich aufgerichtet oder zur Seite geworfen haben könnte und dadurch das leichte Wägelchen aus dem Gleichgewicht geraten sei. Aber das sei doch kaum glaubhaft, er zumindest könne sich das nicht recht vorstellen. Ob irgend jemand von uns vielleicht eine andere Vermutung hätte ?

Unwillkürlich sah ich das Hausmädchen an. Unsere Blicke begegneten sich. Wir dachten beide in der gleichen Sekunde dasselbe. Wir wußten beide, daß der Hund das Kind tödlich haßte. Wir wußten, daß er in letzter Zeit sich wiederholt hinterlistig im Garten versteckt hatte. Wir wußten, daß er oft und oft mit boshaftem Stoß Wäschekörbe in den Kanal gestoßen. Beide – ich sah es an ihren unruhig und blaß zuckenden Lippen – hatten wir den gleichen Verdacht, daß das verschlagene und bösartig gewordene Tier, endlich die Gelegenheit zur Rache wahrnehmend, kaum wir das Kind ein paar Minuten alleingelassen, aus einem Versteck sich herangeschlichen, mit einem wilden, raschen Stoß den Wagen mit dem verhaßten Nebenbuhler gegen den Kanal hinabgestoßen habe und dann ebenso lautlos wie sonst geflüchtet sei. Aber beide sprachen wir unseren Verdacht nicht aus. Ich wußte, daß schon der bloße Gedanke, er hätte sein Kind retten können, wenn er damals das rasende Tier getötet hätte, Limpley rasend machen würde. Und dann : trotz aller logischen Indizien fehlte doch der letzte, der faktische Beweis. Weder wir beide noch die andern hatten den Hund an jenem Nachmittage heranschleichen oder wegschleichen sehen. Die Holzhütte, sein

Lieblingsversteck – ich sah sofort nach – war völlig leer, das trockene Erdreich zeigte nicht die geringste Spur, wir hatten keinen Ton gehört jenes wilden Gebells, das Ponto sonst immer triumphierend erschallen ließ, wenn er einen Korb in den Kanal gestoßen. Wir konnten darum nicht behaupten, daß er es gewesen. Es war nur eine quälende, eine grausam quälende Vermutung. Es war nur ein berechtigter, ein furchtbar berechtigter Verdacht. Aber es fehlte die letzte, die unumstößliche Gewißheit.

Und doch, ich wurde seit jener Stunde diesen grässlichen Verdacht nicht mehr los – im Gegenteil, er bestärkte sich noch in den nächsten Tagen beinahe zur Gewißheit. Es war eine Woche später – das arme Kind war längst begraben, Limpleys hatten das Haus verlassen, weil sie den Anblick des verhängnisvollen Kanals nicht ertragen konnten – da ereignete sich etwas, das mich im tiefsten erregte. Ich hatte in Bath einige Kleinigkeiten für unser Haus zu besorgen ; plötzlich schrak ich auf, denn neben dem Fleischerwagen sah ich Ponto, an den ich unbewußt in all diesen Schreckensstunden ununterbrochen gedacht, gemächlich hinschreiten, und im gleichen Augenblick erkannte er mich. Er blieb sofort stehen und ich ebenso. Und nun geschah, was mir noch heute die Seele bedrückt ; während in all den Wochen seit seiner Erniedrigung ich Ponto immer nur verstört gesehen und er jede Begegnung, den Blick weggewandt, den Buckel schief niedergeduckt, scheu ausgewichen war, reckte er diesmal unbefangen den Kopf hoch und sah mich – ich kann es nicht anders sagen – mit stolzer, selbstsicherer Gelassenheit an ; er war über Nacht wieder das stolze, hochmütige Tier von einst geworden. Eine Minute verharrte er in dieser provokatorischen Geste. Dann ging er, in den Schenkeln sich schaukelnd und beinahe tänzelnd über die Straße mit einer gespielten Freundlichkeit auf mich zu und blieb einen Schritt vor mir stehen, als wollte er sagen : »Nun, da bin ich ! Was hast du gegen mich zu sagen oder zu klagen ?«

Ich war wie gelähmt. Ich hatte keine Kraft, ihn wegzustoßen, keine Kraft, diesen selbstbewußten und fast möchte ich sagen selbstzufriedenen Blick zu ertragen. Ich flüchtete rasch weiter. Gott schütze mich, daß ich ein Tier, geschweige einen Menschen unschuldig eines Verbrechen beschuldige. Aber seit dieser Stunde werde ich den grauenhaften Gedanken nicht mehr los : »Er war es. Er hat es getan.«

Stefan Zweig et le monde d'hier

par Isabelle Hausser

Stefan Zweig et le monde d'hier

Stefan Zweig fut, de son vivant, l'un des auteurs les plus lus et les plus traduits de son temps, l'un des plus appréciés d'un immense public. Cette popularité, qui ne se limitait pas au monde germanique, dépassait certainement le simple phénomène de mode, comme le prouve la célébrité dont il jouit encore. Cette renommée a quelque chose de mystérieux. Pourquoi, en effet, cet écrivain, qui ne comprenait pas les raisons d'un succès qu'il jugeait immérité, a-t-il suscité et suscite-t-il toujours un tel engouement ?

La consécration de Zweig par ses contemporains comme par la postérité, après un bref purgatoire d'une dizaine d'années, s'explique tout d'abord par la nature de son œuvre. Auteur prolifique, Zweig écrivait cependant brièvement : au roman-fleuve, il préféra toujours la nouvelle ou le petit roman. Si le travail de documentation, préalable à la rédaction de ses essais, est impressionnant, il se garda d'écrire des ouvrages d'érudition : ses biographies constituent des vulgarisations, terme qu'il ne faudrait pas considérer avec dédain, car Zweig avait à cœur d'ouvrir au plus grand nombre l'accès aux « heures étoilées de l'humanité » et aux « bâtisseurs du monde », pour reprendre deux de ses formules. Son style n'avait rien de relâché, il était élégant, et ses métaphores l'élèvent au-dessus du cliché qu'affectionne d'ordinaire la littérature populaire. Mais Zweig se souciait avant tout d'être compris : contre les arcanes de l'avant-gardisme, il opta pour le classicisme. N'y a-t-il pas déjà dans ces quelques éléments, auxquels on pourrait en ajouter bien d'autres, le début d'une recette d'un succès durable ?

Sa popularité actuelle s'explique également par la fascination qu'exerce sur nos contemporains l'époque à laquelle a vécu Zweig. Pour des raisons qu'on ne développera pas, nous la considérons aujourd'hui tout à la fois comme une période fondatrice et comme l'incarnation d'une haute civilisation dont nous avons la nostalgie. Or, plus que celles de nombreux écrivains de sa génération, l'œuvre et la vie de Zweig reflètent parfaitement l'esprit de son temps. Extraordinairement cultivé, parlant plusieurs langues, poli et raffiné jusqu'à la délicatesse, Zweig compte parmi les héritiers du patrimoine intellectuel de l'Europe centrale, car Vienne était avant tout à son époque le carrefour où venaient se croiser les esprits et les talents surgis des bords du Danube, des Carpates ou des profondeurs de la Galicie.

Une troisième explication est que la vie de Zweig est un roman. Né « avec une cuiller d'argent dans la bouche », auteur adulé, ami de tout ce que l'Europe comptait alors d'écrivains, de musiciens et de peintres, homme aux amours compliquées, esprit perpétuellement au bord du désespoir et jusqu'à la terrible photo de police prise à son domicile, on s'étonne que personne n'ait encore songé à faire un film de sa vie.

Ces quelques pages donnent à voir les grandes étapes de la vie d'un homme pudique et secret et prolongent la découverte ou la redécouverte de son œuvre.

Les jeunes années

La Vienne où naît Stefan Zweig, en 1881, avait connu d'importants changements au cours des vingt années précédentes.

Changement politique d'abord puisque dans cette autocratie, la bourgeoisie libérale avait en 1861 obtenu de l'empereur François-Joseph la mise en place d'un gouvernement constitutionnel.

Toutefois le changement dans les mentalités qu'on était en droit d'attendre avec l'arrivée au pouvoir de la bourgeoisie aux affaires ne fut pas total. En effet, pour reprendre l'analyse de Carl E. Schorske [1], si la culture morale et scientifique de la bourgeoisie libérale autrichienne était analogue à celle du reste de l'Europe, il n'en allait

1. Carl E. Schorske, *Vienne fin de siècle*, Seuil, 1983. Voir aussi du même auteur « Les deux cultures autrichiennes et leur destin moderne », *Revue d'esthétique*, n° 9, consacrée à Vienne de 1880 à 1938.

pas de même de sa culture esthétique. Elle adhérait à la *Gefühlskultur* (la culture des sentiments) issue de l'aristocratie. Contrairement à ce qui se passa dans d'autres pays d'Europe, la bourgeoisie, libérale et puritaine, ne parvenant pas à détruire l'aristocratie, finit par en assimiler les valeurs.

Les libéraux voulurent imprimer leur marque sur Vienne. Elle se traduisit par des transformations urbaines considérables. À l'emplacement des anciennes fortifications qui séparaient la vieille ville des faubourgs, ils percèrent le Ring. Sur la Ringstrasse qui entoure Vienne furent édifiés de monumentaux immeubles d'habitation, comme celui où naquit Zweig, ainsi que les bâtiments occupés par les principales institutions du droit et de la culture : le Rathaus et le Parlement pour l'un, le Burgtheater et l'Université pour l'autre.

Sous leur règne coexistèrent une morale répressive, que dénoncera Zweig dans son autobiographie, *Le Monde d'hier*, et une culture esthétique qui transformait en héros les acteurs, les artistes, les écrivains et les critiques ; une culture, écrit Schorske, qui était une « combinaison de provincialisme et de cosmopolitisme, de traditionalisme et de modernisme » ; une culture enfin où, au sein du monde des affaires ou des professions libérales, on ne trouvait pas déshonorant, bien au contraire – comme ce fut le cas pour les Zweig –, que l'un de ses enfants se mêlât de littérature ou d'art.

Ce mélange paradoxal explique le bouillonnement culturel que connut Vienne jusqu'à la Première Guerre mondiale et auquel participa Zweig. Il suffit en effet de rappeler qu'au même moment vivaient à Vienne Mahler, Klimt, Schnitzler, Karl Kraus et Sigmund Freud, pour ne citer que les plus connus.

Dans *Le Monde d'hier*, Stefan Zweig décrit cette période et les années pendant lesquelles se déroula son enfance comme celle du « monde de la sécurité ». L'univers dans lequel il vit le jour avait en effet atteint son apogée et ne tarderait pas à disparaître. Avant même que la Première Guerre mondiale ne lui portât le coup de grâce, il commença à se déliter, notamment avec le déclin des libéraux. À Vienne même, ils furent emportés par un raz de marée du parti chrétien-social qui, malgré sa résistance, contraignit l'empereur, en 1897, à laisser accéder à la tête de la municipalité Karl Lueger, fervent catholique et antisémite, qui mena une politique totalement opposée à celle de ses prédécesseurs.

Stefan Zweig naquit le 28 novembre 1881 dans une famille qui, ayant gravi les échelons de la réussite sociale, ne pouvait imaginer que le monde dans lequel elle se mouvait allait lui être ravi.

Ses deux parents étaient juifs, mais venaient d'horizons différents. Moritz, le père, était le fils de Hermann Zweig, qui faisait commerce de produits manufacturés, et de Nanette Wolf. Il était né dans une communauté juive de Moravie alors sortie du ghetto. Il reçut d'ailleurs une très bonne éducation puisque, selon son fils, « il jouait excellemment du piano, écrivait avec élégance et clarté, parlait le français et l'anglais ». Il avait acquis sa fortune en fondant en Bohême un petit atelier de tissage qui devint une grande entreprise textile.

La mère, Ida, appartenait quant à elle à une famille juive riche et plus cosmopolite que celle des Zweig, les Brettauer. Venus d'Allemagne où ils possédaient une banque, ils avaient essaimé en Europe et aux États-Unis. Le grand-père de Zweig, Samuel Ludwig Brettauer, s'était d'abord fixé à Ancône où naquit Ida, sa seconde fille, avant de s'installer à Vienne où il acquit une des nouvelles constructions de la Ringstrasse. Ida parlait aussi bien l'italien que l'allemand, qu'elle apprit à ses fils.

Des deux côtés, il s'agissait de familles de la bourgeoisie juive émancipée, dont à l'époque étaient issus tant d'écrivains et d'artistes viennois. Comme le rappelle Zweig dans son autobiographie, la bourgeoisie juive fut alors la protectrice de la culture à Vienne.

C'est dans ce milieu privilégié que naquit Stefan Zweig. Il était le second fils de Moritz et d'Ida, ce qui fut une chance pour lui. Son frère aîné, Alfred, reprit en effet les affaires paternelles, permettant ainsi à Stefan, avec l'appui de sa famille, de se consacrer à la littérature.

De son enfance, on sait peu de chose, sinon qu'il passait pour un enfant difficile. Mais à lire ses portraits d'enfants – Edgar dans *Brûlant secret* ou les deux fillettes de *La Gouvernante* – on peut supposer qu'il eut un complet sentiment d'incompréhension à l'égard du monde des adultes.

Cette hypothèse est confirmée par la peinture sévère qu'il fait dans *Le Monde d'hier* de l'éducation que recevaient alors les jeunes gens. Il est probable qu'il ne se sentit jamais parfaitement à l'aise dans cette société répressive et victorienne où l'on ne cherchait pas à développer les talents personnels, mais à brider la jeunesse et à lui apprendre de bonne heure les vertus de l'hypocrisie. Dans son autobiographie, il note du reste que « le seul moment vraiment heureux que je doive à l'école, ce fut le jour où je laissai retomber pour toujours sa porte derrière moi ».

C'est pourtant durant cette période d'emprisonnement que s'éveilla en Zweig sa vocation littéraire. Avec quelques-uns de ses camarades, il fut très tôt pris d'une passion pour l'art qui les faisait courir du Burgtheater à l'Opéra, dévorer la nouvelle littérature, y compris étrangère, et se risquer eux-mêmes à écrire. Le premier poème de Zweig parut en 1898 – il avait dix-sept ans – dans une revue berlinoise, *Deutsche Dichtung*. Un second trait particulier à Zweig apparaît dès cette époque, celui qui l'amena à collectionner les autographes et les manuscrits d'artistes célèbres.

En 1900, alors qu'il venait d'achever ses études secondaires au Maximilian Gymnasium, il s'inscrivit à l'université en philosophie. Il n'y manifesta guère de zèle, occupé qu'il était à écrire. En février 1901, parut son premier recueil de poèmes, *Silberne Saiten* (Cordes d'argent) qui, malgré les craintes de Zweig, fut bien accueilli. Cependant par la suite, il n'autorisa jamais la republication de ces vers de jeunesse. Dans *Le Monde d'hier*, il les qualifie de « vers [...] issus non pas de mon expérience personnelle, mais d'une sorte de passion verbale ».

Il se montre beaucoup plus fier, non sans raison, que la *Neue Freie Presse* ait accepté en 1901 l'un de ses textes pour le *Feuilleton*. Cette revue était au dire de Zweig « l'oracle de mes pères ». Quant au *Feuilleton*, qui paraissait à la une, il était dirigé par Theodor Herzl. Paraître dans le *Feuilleton* était une consécration littéraire que Zweig obtint à dix-neuf ans. Sa collaboration avec cette revue allait continuer pendant de longues années. Impressionnés par ce succès, ses parents n'osèrent pas lui refuser d'aller passer à

Berlin le second semestre de l'année universitaire 1901-1902.

Berlin fut surtout pour lui l'occasion de découvrir la liberté et d'échapper au conformisme viennois, « la vie réelle », note-t-il dans son autobiographie. Il y fréquenta écrivains et artistes et notamment Richard Dehmel qui lui conseilla de travailler à des traductions pour acquérir du métier. Il suivit ses conseils et traduisit Baudelaire, Verlaine et surtout Verhaeren.

À l'été 1902, avant de rentrer à Vienne, il se rend en Belgique où il fait la connaissance d'Émile Verhaeren avec lequel il noue une profonde amitié qui devait durer jusqu'à la Première Guerre mondiale. Conquis par une œuvre qu'il jugeait moderne et européenne, Zweig décida de s'employer à la faire connaître en Allemagne. Dès cette époque, alors qu'il n'avait pas encore achevé ses études, se dessinait le destin de Zweig, celui d'un écrivain européen, appliqué à aider la diffusion des auteurs qu'il estimait.

Les débuts littéraires

En 1904, Zweig n'est plus tout à fait un novice dans le monde littéraire. Il a publié des poèmes et quelques nouvelles. Mais il lui reste – et il le sait – à faire ses preuves et à abandonner son premier style. « Je trouvais à mes premières nouvelles un relent de papier parfumé », note-t-il dans *Le Monde d'hier*.

Cette année 1904 est importante parce qu'elle marque la fin de ses études universitaires – le 7 avril, il soutient sa thèse sur Taine – et ses véritables débuts littéraires avec la publication à l'automne de son premier recueil de nouvelles, *L'Amour d'Erika Ewald*, qui comprend quatre textes écrits au cours des quatre premières années du siècle.

À partir de cette date, Zweig prend des habitudes qui ne le quitteront plus, même quand il sera marié : celles de voyager et d'écrire abondamment. Ainsi passe-t-il six mois à Paris entre 1904 et 1905 où il fréquente assidûment Verhaeren et rencontre Rodin et Léon Bazalgette. Le printemps 1906 le voit en Angleterre à laquelle il ne trouve pas autant de charme qu'à la France. En 1908, il accomplit un grand voyage en Asie. En 1911, il revient d'Amérique par le paquebot qui transporte Gustav Mahler mourant.

Dans le même temps, il travaille : à son essai sur Verlaine, mais aussi à un nouveau recueil de poèmes, *Die Frühen Kränze* (Premières guirlandes). Ce volume mérite qu'on s'y arrête car il est le premier paru chez Insel Verlag, la maison d'édition allemande qui devait indéfectiblement publier Stefan Zweig jusqu'à l'arrivée au pouvoir des nazis. Zweig se lie dès cette époque à son directeur, Anton Kippenberg. Ces années voient également ses débuts théâtraux. Il écrit sa première pièce, *Thersite*, qui sera montée en 1908.

Les rapports de Zweig avec le théâtre sont jalonnés de morts, comme il le raconte lui-même dans son autobiographie, laissant ainsi entrevoir une certaine crainte superstitieuse. L'acteur Matkowsky, qui devait jouer *Thersite*, meurt le 26 novembre 1908, peu avant la première. En 1911, lorsque Zweig fera monter sa nouvelle pièce, *Le Comédien métamorphosé*, ce sera Joseph Kainz, pour qui la pièce avait été écrite, qui mourra subitement. Inquiet, Zweig n'en écrivit pas moins une troisième pièce, *La Maison au bord de la mer*, en 1911. Il vit avec consternation mourir le directeur du Burgtheater, le baron Alfred Berger, qui venait de la mettre à l'affiche. La même coïncidence devait se reproduire bien des années plus tard avec sa pièce *Un caprice de Bonaparte* (Das Lamm des Armen, en allemand). L'acteur Moïssi, qui voulait la monter, mourut peu après les premières répétitions. Ces morts brutales détournèrent Zweig du théâtre qui, pensait-il, lui aurait assuré un succès immédiat, mais l'aurait sans doute empêché d'écrire son œuvre de novelliste et de biographe. Peut-être faut-il remercier le destin, car il est peu probable qu'avec son seul théâtre Zweig eût connu la célébrité qui fut la sienne de son vivant.

C'est pendant ces années, qui précédèrent la Première Guerre mondiale, que Zweig noua ses amitiés les plus fortes. Verhaeren, on l'a vu, auquel il rendait régulièrement visite l'été dans sa maison du « Caillou-qui-bique » et auquel il consacra un essai en 1909 après avoir traduit nombre de ses œuvres, poèmes et drames. Mais aussi Romain Rolland, rencontré en février 1910 à Paris, sur lequel il écrira également un essai, avec lequel il entretiendra une immense correspondance (durant trente ans) et qui exercera une grande influence sur lui, notamment au cours de la Première Guerre mondiale. C'est sans doute également durant cette période qu'il s'engagea dans des relations avec Sigmund Freud (leur première lettre connue date du 3 mai 1908).

Mais c'est surtout à ce moment – en 1912 précisément – qu'il rencontre Friderike von Winternitz, née Friderike Maria Berger, qui fut sa première femme, mais aussi, écrivain elle-même, son amie et sa confidente jusqu'au dernier jour.

Leur rencontre fut très romanesque. Friderike était alors mariée à un fonctionnaire, Felix von Winternitz, dont elle avait deux filles, mais avec lequel elle ne s'entendait pas parfaitement. Il semble qu'en 1908, à une réception, les regards de Friderike et de Zweig se soient déjà croisés. Mais leur véritable rencontre n'eut lieu qu'à l'été 1912 après que, à la manière d'une collégienne, Friderike eut envoyé une lettre à Zweig pour le féliciter de sa traduction des *Hymnes de la vie* de Verhaeren. Zweig répondit et ils se virent. Leur complicité était nouée et ne devait plus se défaire, malgré le caractère difficile et volage de Zweig, dont Friderike eut à souffrir dès les premières semaines de leur liaison.

Friderike joua un rôle important dans la vie de Zweig. Elle l'aida beaucoup et lui pardonna également beaucoup car la vie avec cet homme attaché à son indépendance, assez égoïste et constamment tourmenté, n'était pas facile. Dans son autobiographie, Zweig ne lui rend pas justice : il ne cite jamais son nom et ne reconnaît pas ce qu'elle lui apporta pourtant jusqu'au bout : compréhension, encouragements et respect absolu de son indépendance.

Peu après leur rencontre, Zweig souhaita s'engager et lui demanda de divorcer pour l'épouser. Procédure qui, dans l'Autriche catholique et bureaucratique, allait prendre beaucoup de temps et être encore ralentie par la Première Guerre mondiale. Ils ne se marièrent qu'en janvier 1920. Entre-temps le monde dans lequel ils avaient grandi avait été balayé par la guerre.

La Première Guerre mondiale

Le cruel épisode de la Première Guerre mondiale, qui marqua définitivement Stefan Zweig, comme tous ceux qui la vécurent, est encadré pour lui par la vision de deux convois ferroviaires.

Zweig se trouvait en vacances en Belgique lorsque s'accentua la rumeur qui annonçait la guerre. Quelques jours avant l'entrée en guerre de l'Autriche, il prit le train pour rentrer à Vienne. À la frontière entre la Belgique et l'Allemagne, il vit venir plusieurs trains de marchandises, dont les wagons ouverts étaient recouverts de bâches sous lesquelles il crut « reconnaître les formes indistinctes et menaçantes de canons ». Ce qu'il commente dans *Le Monde d'hier* en notant : « Aucun doute, la chose monstrueuse était en marche, l'invasion de la Belgique en dépit de tous les principes du droit des gens. »

On peut supposer cependant que, même si, comme tout homme, Zweig redoutait la guerre, il n'envisagea pas sur le moment la monstruosité de la chose. Ses positions sur cette guerre furent longtemps ambiguës. Il publia en effet dans les premiers jours du conflit des textes palpitant d'admiration pour l'Allemagne et exaltant la fraternité d'armes de l'Autriche et de l'Allemagne [1] et son journal intime, qui n'était pas destiné à être publié, regorge d'exemples de ce type. Il se fâcha également avec Verhaeren auquel il reprochait sa véhémence à l'égard de l'Allemagne. Ils ne se réconcilièrent qu'un mois avant la mort de Verhaeren en 1916.

Néanmoins, très vite, apparaît dans ses écrits privés ou publics un grand sentiment de découragement devant la guerre [2] et en peu de temps, en grande partie sous l'influence de Romain Rolland avec lequel il avait, malgré la guerre, repris sa correspondance, il s'oriente vers un pacifisme militant, voire une apologie de la défaite, perceptible dès sa pièce *Jérémie*, commencée au printemps 1915 et publiée, en dépit de son sujet, par Insel à l'été 1916, et encore plus net avec son article

1. Voir, par exemple, « Parole d'Allemagne », *Essais*, Le Livre de Poche, coll. « La Pochothèque », vol. 3, mais aussi « Pourquoi seulement la Belgique, pourquoi pas aussi la Pologne ? », *Neue Freie Presse* du 4 avril 1915 (inédit en français).

2. Voir « Le Monde sans sommeil » et « Aux amis de l'étranger », in *Essais*, *op. cit.*

« Apologie du défaitisme[1] » ou sa nouvelle, « La Contrainte », écrite en mars 1918[2].

Mais cette évolution, retracée ici en quelques lignes, fut le fruit d'une lente maturation. Au début de la guerre, Zweig rentre en Autriche avec l'intention d'être mobilisé. Il pense partir comme « simple soldat, pour combattre la boue, le froid, la faim et la racaille[3] ». Mais contrairement à son attente et pour le plus grand plaisir de Friderike, qui le croyait incapable de supporter la guerre en première ligne, l'armée le jugea inapte pour le front et le transféra au service des Archives de guerre de la Stiftskaserne de Vienne. Il y fut rejoint par Werfel et Rilke.

Le seul contact qu'eut Zweig avec la réalité de la guerre fut la mission qu'il effectua en Galicie à l'été 1915. Pourvu d'un laissez-passer spécial, il voyagea dans des trains sanitaires, n'hésitant pas à donner un coup de main, ou dans des convois spéciaux partant ou revenant du front où il côtoya de « simples soldats » qui n'avaient pas eu sa chance. Il faut lire le récit qu'il fit de ces horreurs de la guerre pour comprendre qu'il en

1. *Friedene-Warte*, juillet-août 1918 (inédit en français).

2. In *Romans, nouvelles et théâtre*, Le Livre de Poche, coll. « La Pochothèque », vol. 3.

3. Lettre à Anton Kippenberg, automne 1914.

fut bouleversé[1]. C'est du reste au voyage en Galicie qu'il attribue, dans *Le Monde d'hier*, sa détermination à écrire sa pièce, *Jérémie*.

En réalité, en dehors de cet épisode et des tourments qu'éveillaient en chacun les nouvelles du front, peu favorables à l'Autriche, Zweig souffrait surtout de ne pas pouvoir travailler à sa guise et d'être contraint à des horaires réguliers par son service aux Archives de guerre. Mais entouré des soins de Friderike, qui s'était installée avec ses filles dans une maison de la banlieue où Zweig les rejoignait chaque soir, il continua en fait à écrire, même si, compte tenu de ses rythmes habituels de production, sa cadence s'était ralentie. Il donne des articles à la *Neue Freie Presse*, au *Carmel* fondé en Suisse par un ami de Rolland[2], il rédige – péniblement – son essai sur Dostoïevski et quelques autres textes, dont *La Légende de la troisième colombe*[3].

En novembre 1917, Zweig, invité en Suisse pour y faire des conférences et diriger les répétitions de *Jérémie*, qui allait être monté à Zurich, obtint une permission et partit avec Friderike. Son séjour en Suisse se prolongea jusqu'à la fin de la guerre, car il réussit en 1918 à se faire

---

1. Publié avec ses journaux de guerre dans *Journaux, 1912-1940*, Belfond, 1986.

2. « La Tour de Babel », in *Essais, op. cit.*

3. In *Romans, nouvelles et théâtre, op. cit.*

démobiliser et à rester en Suisse comme correspondant de la *Neue Freie Presse.*

Au cours de ces longs mois, il vit beaucoup Romain Rolland qui vivait à Villeneuve, à côté de Genève, mais également un groupe d'intellectuels pacifistes, dont Guilbeaux qui allait rejoindre la Russie soviétique, Pierre-Jean Jouve ou le peintre Frans Masereel avec lequel il se lia d'une durable amitié.

Lorsque Zweig revint en Autriche, la guerre était finie. Il rentra en train, comme il l'avait fait quelques jours avant la déclaration de guerre. Mais cette fois, sur son chemin, il croisa le train impérial qui emmenait le dernier empereur d'Autriche et sa famille en exil. Dans *Le Monde d'hier*, il raconte cette scène avec émotion et note : « En cet instant seulement la monarchie presque millénaire avait réellement pris fin. Je savais que je rentrais dans une autre Autriche, dans un autre monde. »

La célébrité de l'entre-deux-guerres

Cette période, qu'on arrêtera à l'arrivée au pouvoir de Hitler, fut sans doute la plus féconde de la vie de Stefan Zweig. L'un de ses amis fit du reste remarquer que son activité d'alors relevait de la « radioactivité ».

Il publie en effet à un rythme soutenu. Des essais littéraires : *Trois maîtres* en 1920, sa biographie de Romain Rolland l'année suivante, en 1925 *Le Combat avec le démon*, en 1928 *Trois poètes de leur vie* et *La Guérison par l'esprit* en 1931. Des nouvelles : « Amok » et « Lettre d'une inconnue » en 1922, « La Peur » en 1925, « La Confusion des sentiments » deux ans plus tard, pour ne citer que les textes les plus connus. Des biographies historiques : *Fouché* en 1929 et en 1932 *Marie-Antoinette*, mais aussi les courts épisodes que sont *Les Très Riches Heures de l'humanité* (1927). À quoi il faut ajouter le théâtre (*Volpone* en 1926, *Un caprice de Bonaparte* en 1929), des poèmes et toutes sortes de textes courts donnés à des revues, telle la *Neue Freie Presse*, et enfin des traductions. L'ampleur de l'œuvre produite pendant ces années a de quoi donner le tournis et révèle une incontestable puissance créatrice.

Sans doute était-il encouragé par l'immense écho que rencontraient ses ouvrages parmi ses lecteurs. Son premier grand succès populaire fut obtenu avec le recueil de nouvelles publié en 1922 qui comprenait *Amok* et *Lettre d'une inconnue*. On en vendit 70 000 exemplaires en huit ans.

À compter de ce moment le succès ne se démentit plus. Ainsi *Le Combat avec le démon*, tiré d'abord à 10 000 exemplaires, fut épuisé en quelques semaines. Quant à *La Confusion des sentiments*, 30 000 exemplaires furent vendus dans les trois mois qui suivirent sa parution.

Ce succès ne se cantonnait pas aux pays de langue allemande. Zweig fut rapidement traduit dans un grand nombre de pays, accroissant ainsi le nombre de ses lecteurs. Lorsque Insel Verlag publia sa bibliographie dans toutes les langues, il fallut un volume entier pour citer tous les titres parus dans le monde. À titre d'exemple, on le traduisit en URSS – sous l'influence de Maxime Gorki – dès 1927, à l'exception du *Dostoïevski* des *Trois maîtres* qui, selon Zweig, n'allait pas « dans le sens des bolcheviques ». En France, pour ne retenir que quelques exemples, « Amok » et « Lettre d'une inconnue » furent publiés en

1927 et *La Confusion des sentiments* en 1929. La même année paraissait *Vingt-quatre heures de la vie d'une femme*. Il faut rappeler en outre que de son vivant Zweig inspirait déjà les cinéastes : ainsi *La Peur* fut adaptée pour le cinéma dès 1928 en Allemagne et en 1934 en France avec Gaby Morlay. Ce fut ensuite le cas de *Brûlant secret* mais aussi de *Marie-Antoinette*.

Sa célébrité exaspérait certains de ses confrères, dont Hofmannsthal auquel Zweig avait pourtant gardé sa vénération d'autrefois. Deux destins opposés. Zweig vivait dans une grande aisance matérielle, menant une vie très libre, tandis que Hofmannsthal, chargé de famille, construisait son œuvre dans des conditions difficiles. Hofmannsthal méprisait Zweig et ses succès faciles. Zweig ne s'en doutait pas. La mort de Hofmannsthal en 1929, deux ans après celle de Rilke, lui causa un choc profond. Il apprit avec stupeur de Richard Strauss, dont il devint le librettiste après la disparition de Hofmannsthal – il écrivit le livret de *La Femme silencieuse* –, que ce dernier avait posé comme condition expresse de sa collaboration au festival de Salzbourg que Zweig n'y participerait jamais. Friderike rapporte que son mari « put à peine croire à cette rivalité impitoyable du poète qu'il avait admiré sans réserve [1] ».

1. Cité dans Friderike Zweig, *Stefan Zweig wie ich ihn erlebte*, Stockholm Neuer Verlag, 1947 (inédit en français).

Bien avant d'apprendre la jalousie de Hofmannsthal, Stefan Zweig détestait et fuyait le festival de Salzbourg. Cette ville était en effet devenue son lieu de résidence depuis qu'à la fin de la guerre il avait acheté la grande maison du Kapuzinerberg, au-dessus de Salzbourg. Il s'agissait d'un pavillon de chasse archiépiscopal (Salzbourg était dirigée par un archevêque : on connaît les querelles qui opposèrent Mozart à l'archevêque Colloredo), agrandi au XVIIIe siècle par l'adjonction de deux ailes latérales. Malgré son délabrement, il avait beaucoup plu à Stefan et Friderike lorsqu'ils l'avaient découvert lors d'un séjour à Salzbourg en 1916.

Friderike fut chargée par celui qui n'était pas encore son mari d'en négocier l'acquisition puis, lorsqu'ils s'y installèrent après la fin de la guerre, de surveiller les travaux de réparation. Zweig ne vint s'y établir que lorsque la maison fut devenue habitable. Lui, qui n'aima jamais Vienne tant qu'il put y résider sans entraves, souhaitait en effet vivre à l'écart pour travailler à son rythme. Jusqu'au moment où se posa la question de l'exil, le Kapuzinerberg fut son point d'attache.

Une attache bien souple, car il n'y passa jamais une année entière. Sa manie des voyages le reprit dès la fin de la guerre. Au cours de l'entre-deux-guerres, il fit de nombreux séjours en Allemagne – pour des conférences ou pour y rencontrer Anton Kippenberg, son éditeur – mais aussi en France où il avait beaucoup d'amis, en Italie, en Suisse et même en Russie.

Rares furent les voyages où Friderike l'accompagna. Il aimait partir seul pour mener pendant quelques semaines une existence indépendante, ce qui ne l'empêchait pas de rendre compte à sa femme de ses aventures de voyage. Il avait besoin de ces passades sans importance autant que de ses déplacements. Tous deux relevaient d'une même conduite de fuite.

Ce n'est pas seulement la vie de famille avec Friderike et ses deux filles que fuyait Zweig, mais surtout lui-même. S'il pouvait être jovial et aimable, il était tout aussi bien la proie de sautes de caractère qu'il appelait ses « humeurs noires », et qui pouvaient durer assez longtemps. Dans ces cas-là, il quittait le Kapuzinerberg et allait épuiser ailleurs sa mélancolie pour ne pas l'imposer à son entourage. Il semble avoir songé très tôt, comme Kleist – auquel il consacra un essai –, à se suicider et aurait proposé à Friderike de l'accompagner dans la mort. Ce qui paraît certain, c'est que les accès de dépression furent de plus en plus fréquents et de plus en plus profonds au fur et à mesure que les années passaient. Arnold Zweig, son homonyme, note – contrairement à beaucoup de leurs contemporains qui ne soupçonnèrent jamais le désarroi intime de Stefan Zweig – qu'il avait « un regard plein d'angoisse dans un visage traqué ».

Il est peut-être surprenant qu'un homme qui n'avait jamais eu – et n'aurait jamais – le moindre problème matériel et à qui tout réussissait ait échoué à être heureux. Friderike disait : « À quoi bon tous ces succès lorsque l'on est si triste [1]. » Le succès était précisément un sujet de dépression pour un homme qui, naturellement, n'avait pas de dispositions pour le bonheur. En son for intérieur, Zweig doutait en effet de la légitimité de sa réussite littéraire. Ainsi écrivit-il à son ami Fleischer, avec un brin de coquetterie cependant : « Je ne supporte aucune louange car je ne suis pas content de moi. » Le succès lui pesait également parce qu'il le privait de son anonymat. « On paye la soi-disant gloire avec la cession de la vie privée... Rien ne nous appartient plus », écrivit-il à Romain Rolland [2].

C'est au cours de ses voyages qu'il éprouvait tout particulièrement sa notoriété. Partout où il allait, il était attendu et célébré. Au point qu'il se plaignit, lors d'un séjour en Suisse, en août 1926, de n'avoir pu garder son anonymat. À son hôtel on l'avait reconnu : il n'était plus tranquille.

Cependant, il arriva souvent que Zweig se félicitât d'être aussi bien accueilli. Ce fut le cas notamment lors de son voyage en URSS en sep-

1. Lettre de Friderike Zweig à Leonhard Adelt, que Donald Prater date d'août 1926.

2. Lettre à Romain Rolland du 20 mai 1927.

tembre 1928. Il y avait été invité pour la célébration du centenaire de Tolstoï (*Trois poètes de leur vie*, qui comporte un essai sur Tolstoï, était paru cette année-là). Au cours de ce voyage, Zweig fut fêté à la mesure de sa gloire. On l'emmena à Iasnaïa Poliana, l'ancienne propriété de Tolstoï, et il put se recueillir sur sa tombe.

Zweig fut si bien traité, selon la politique d'alors des dirigeants soviétiques qui s'évertuaient à séduire les intellectuels occidentaux, qu'il aurait pu rentrer chez lui convaincu de la réussite du communisme. Mais, ainsi qu'il le raconte dans *Le Monde d'hier*, il découvrit un soir dans l'une de ses poches une lettre anonyme le mettant en garde contre ce qu'il voyait et ce qu'il entendait, et lui signalant qu'il était constamment surveillé et écouté. Conformément aux instructions de son correspondant, Zweig brûla la lettre, mais fut ébranlé.

À son retour d'URSS, il garda une grande réserve, contrairement à son ami Romain Rolland, par exemple. De même approuva-t-il en 1936 la publication du *Retour d'URSS* de Gide. Son manque d'enthousiasme pour l'expérience soviétique fut du reste l'une des raisons du refroidissement de ses rapports avec Rolland.

Cependant, le silence de Zweig sur l'expérience soviétique s'explique également par sa disposition naturelle à ne jamais prendre parti et à conserver jalousement son indépendance intellectuelle. Il refusa toujours de s'engager, y compris contre le nazisme, et ce, en grande partie, par un individualisme farouche.

Non qu'il n'eût pas d'idées. Certaines n'étaient pas toujours d'un grand bon sens, comme le prouvent ses erreurs d'appréciation lors de la montée en puissance du nazisme, mais sa ligne générale était claire. Il était d'abord et avant tout un citoyen du monde, ennemi de tout nationalisme étroit. Européen avant la lettre, il adhérait cependant davantage à une Europe intellectuelle et des idées qu'à une vision politique de l'Europe. Même s'il se trompa d'abord sur la portée du nazisme, il pressentit dès cette époque que l'Europe était « au terme de sa mission », pensée qui ne pouvait qu'accentuer son profond et naturel pessimisme.

L'exil

Stefan Zweig sous-estima d'abord la signification des premiers succès des nazis. Après les élections du 14 septembre 1930 au Reichstag, qui donnèrent 107 sièges au national-socialisme, Zweig considéra qu'il s'agissait d'un phénomène transitoire qui rendrait peut-être à l'Allemagne son goût de la liberté. À cette époque, il haïssait le matérialisme des Français et lui préférait, écrivit-il, « le délire stupide des hitlériens ».

Mais en 1933, alors qu'il est trop tard, Zweig a enfin compris la nature du nazisme. Plus encore, il pressent que l'Autriche n'échappera pas longtemps à ce mal. Tout en effet lui est raison d'inquiétude. Kippenberg, le directeur d'Insel Verlag, ne peut plus le publier ; le 10 mai 1933 à Berlin, ses livres sont brûlés publiquement. Dans ce désastre surnage un incident tragi-comique, que rappelle Zweig dans son autobiographie. Le film tiré de sa nouvelle « Brûlant secret » sortait à Berlin lorsque eut lieu l'incendie du Reichstag. Les Berlinois s'attroupèrent devant les affiches du film en plaisantant. Le soir même, la Gestapo faisait interdire le film et déposer les affiches.

Très vite, l'idée s'empara de Zweig qu'il ne pouvait pas rester en Autriche. Il ne s'agissait pas encore pour lui d'un exil définitif. Simplement, il avait besoin de liberté pour travailler et échapper à la tension que provoquait en lui la situation en Allemagne.

Tout atteste en effet que Zweig était bouleversé par le régime de terreur que Hitler introduisait alors en Allemagne. Mais contrairement à d'autres intellectuels allemands, tel Thomas Mann, il refusa de prendre publiquement position contre le nazisme. Sa réponse à l'arrivée au pouvoir de Hitler fut *Érasme*, qu'il alla terminer en Angleterre.

En octobre 1933, il s'installa d'abord à l'hôtel, puis, très vite, dans un appartement au 11, Portland Place. Il passait ses journées au British Museum à travailler à son essai sur Érasme. Il n'ignorait pas les difficultés qu'il aurait à le faire publier en allemand. Aussi, à son retour en Autriche, en décembre, suscita-t-il la création d'une maison d'édition autrichienne par son ami Reichner, qu'il chargea de la publication d'*Érasme*.

Sans être totalement arrêtée, l'idée d'abandonner son pays progressait dans l'esprit de Zweig. Auteur célèbre, ayant dépassé la cinquantaine, il avouait avoir envie d'une nouvelle vie. Mais en Autriche, il y avait sa nouvelle maison d'édition – son dernier lien avec la langue allemande –, sa grande demeure de Salzbourg et Friderike.

Peut-être Stefan Zweig serait-il resté plusieurs années dans l'hésitation, tenté de s'exiler, mais incapable de s'y résigner vraiment, s'il n'y avait pas eu en 1934 plusieurs incidents qui le déterminèrent à quitter définitivement l'Autriche. Le « définitivement » a quelque chose d'excessif car jusqu'à l'Anschluss, Zweig y fit de courts mais nombreux séjours, notamment pour voir son éditeur ou sa mère, qui mourut à Vienne peu après l'annexion de l'Autriche par l'Allemagne.

En février 1934, alors qu'il était à Vienne, des combats de rue opposèrent les différentes factions politiques. Mais surtout, à son retour à Salzbourg, quelques jours plus tard, il fut tiré du lit un matin par la police qui avait reçu l'ordre de perquisitionner chez lui, à la recherche d'armes. Elle ne découvrit en réalité qu'un vieux revolver qu'on lui avait remis pendant la dernière guerre. Cependant, blessé et convaincu que c'était « la victoire de l'idée fasciste » et que la guerre approchait, Zweig résolut de partir sur-le-champ.

Il regagna Londres, accompagné cette fois par Friderike qui venait préparer son installation en Angleterre. Il était convenu qu'elle y laisserait son mari et retournerait en Autriche liquider le Kapuzinerberg. Mais dès cette époque sans doute, Zweig aspirait à retrouver une totale liberté. Il envisageait, inconsciemment peut-être, de rompre les ponts avec l'ensemble de son passé : son pays, sa maison et sa femme. Sans le savoir, Friderike précipita les choses.

Stefan Zweig avait alors entrepris une nouvelle biographie, celle de Marie Stuart, et avait besoin, selon son habitude, d'une secrétaire. Friderike se mit à la recherche d'une collaboratrice pour son mari. C'est ainsi qu'entra dans leur vie Charlotte Altmann. Âgée de vingt-six ans, elle avait émigré en Angleterre dès 1933. Cultivée, elle parlait bien anglais. Elle devint la secrétaire de Zweig et, ultérieurement, sa seconde femme.

Friderike en effet retourna en Autriche. Mais il lui fallut très longtemps pour vendre le Kapuzinerberg et, vraisemblablement, la décision de son mari de se séparer de cette maison lui coûtait. Quoi qu'il en soit, Zweig ne cessa de s'irriter que la vente du Kapuzinerberg prenne du temps et le reprocha à Friderike. Tout était alors prétexte à dispute, sans doute parce que, au fond de lui, Zweig avait décidé de quitter sa femme. Lotte Altmann n'en fut certainement pas la cause, c'est l'état d'esprit de Zweig à cette époque qui précipita leur séparation. Au reste, elle ne se fit pas brutalement. Friderike continua à s'occuper de la vente des biens autrichiens de son mari. Lorsqu'il s'installa au 49, Hallam Street, c'est encore elle qui veilla à disposer ses meubles et ses livres de manière à reconstituer, presque à l'identique, le bureau du Kapuzinerberg. Ils passèrent en outre souvent une partie de leurs vacances ensemble, même si Lotte n'était jamais loin. Pendant quatre ans, Zweig ne cessa de pousser à une séparation, puis, dévoré par le remords, à le regretter. En définitive, ils ne divorcèrent qu'en décembre 1938. Même alors, ils demeurèrent liés par l'amitié et continuèrent à se voir et à s'écrire régulièrement.

Pendant quelques mois, l'installation à Londres et l'arrivée de Lotte redonnèrent à Stefan Zweig une nouvelle vitalité. Mais sa nature et, plus encore, la montée des tensions en Europe ne tardèrent pas à le rattraper.

Il put observer le sort fait à son œuvre en Allemagne lors de la représentation à Dresde en 1934 de *La Femme silencieuse*, l'opéra de Strauss dont il avait rédigé le livret. Écrit par un Juif, cet opéra n'aurait pas dû être représenté. Mais Hitler tenait beaucoup à l'adhésion de Richard Strauss au régime. Après de nombreuses hésitations, il trancha en faveur de *La Femme silencieuse*. Cependant, après trois représentations, l'opéra fut retiré de la scène et interdit en Allemagne.

L'affaire de *La Femme silencieuse*, au cours de laquelle Stefan Zweig garda le plus parfait silence, provoqua à la fois le mécontentement de ceux qui lui reprochaient de ne pas protester et l'irritation de ceux qui s'indignaient qu'il acceptât d'être joué en Allemagne. La position choisie par Zweig n'était pas facile à tenir en ces temps difficiles. Il s'y conforma cependant assez longtemps, notamment en septembre 1936, lors du congrès du Pen Club International à Buenos Aires. Mais au fond de lui, quelque chose était atteint définitivement. À cette époque, il confia à l'un de ses amis : « Une infinité de choses se sont éteintes en moi ces dernières années. »

Il ne lui restait plus que le travail, mais il n'écrivait plus avec l'abondance d'autrefois. *Marie Stuart*, paru en 1935, fut un énorme succès : aux États-Unis, 300 000 exemplaires furent vendus cette année-là. Cette biographie fut suivie de *Castellion contre Calvin* en mai 1936, où Zweig reprenait les thèmes d'*Érasme*. Il publia aussi *Le Chandelier enterré* et travailla à son *Magellan*, à de nouvelles « Heures étoilées » ainsi qu'à *La Pitié dangereuse* qui, publié en 1940 en Angleterre, eut un grand succès.

Au moment de l'Anschluss, le Kapuzinerberg était enfin vendu, mais bien au-dessous de sa valeur réelle. La plupart des collections de Zweig avaient été dispersées. Ce qui restait encore en Autriche fut saisi par la Gestapo et vendu aux enchères. Mais cela désespérait moins Zweig que la fuite de Reichner à Zurich – il n'avait plus d'éditeur en langue allemande – et surtout la disparition de son pays qui le laissait sans nationalité.

Il avait depuis un certain temps déjà entrepris les démarches nécessaires pour obtenir la nationalité britannique, mais la décision de naturalisation tarda à venir. La Seconde Guerre mondiale éclata avant qu'on lui ait donné satisfaction, le faisant classer parmi « les étrangers ennemis », dispensés toutefois d'internement. C'est à cette époque également qu'il décida d'épouser Lotte, probablement moins par amour que par pitié : elle était malade et, elle aussi, dépourvue de passeport britannique.

Privé de la liberté d'aller et de venir, Zweig dut demander l'autorisation de se rendre à Londres – le couple habitait alors Bath – pour y prononcer l'éloge funèbre de Freud, le 25 septembre 1939. Il n'obtint la nationalité britannique que l'année suivante, le 12 mars, à un moment où il songeait déjà à s'éloigner de l'Europe.

Pendant cette période du premier exil, Zweig n'avait pas renoncé à son goût des voyages. Il se déplaça beaucoup en Europe, mais aussi en Amérique. Il alla aux États-Unis en janvier 1935 et en 1936, sur le chemin de Buenos Aires, il s'arrêta au Brésil où il reçut un accueil royal. Il fut très vite séduit par ce pays à côté duquel l'Argentine lui parut fade. Sans cette expérience, il n'aurait sans doute pas choisi de s'installer au

Brésil lorsque, ayant quitté le Vieux Continent, il eut du mal à s'habituer aux États-Unis.

Au moment de prendre congé de l'Europe, Zweig tourna ses regards vers son pays, l'Autriche, que longtemps il n'avait pas aimé, et commença à rédiger son autobiographie. Lui, qui avait souvent été agacé par les travers de sa patrie et, plus encore, par ceux de Vienne, retrouva soudain ses souvenirs anciens et ressuscita un monde disparu. Au point que, lorsque Friderike le fit venir à Paris pendant l'hiver 1940 pour y donner des conférences, il choisit, à l'étonnement de Friderike, de parler de la « Vienne d'hier ». Cette brève expédition à Paris fut son dernier voyage en France.

Les dernières années

Lorsque les Allemands envahirent la France, Zweig décida de s'embarquer pour l'Amérique. Lotte et lui prirent le bateau pour les États-Unis sans penser qu'ils ne reviendraient plus en Angleterre. Au reste, ils laissaient derrière eux, dans leur maison de Bath, nombre de leurs possessions, dont le manuscrit du *Balzac* auquel Zweig travaillait depuis plusieurs années.

Ils n'avaient qu'un visa de transit pour les États-Unis, car leur intention était de continuer vers le Brésil. Des États-Unis cependant, Zweig tenta d'aider Friderike et ses filles à quitter la France où elles avaient trouvé refuge. Grâce à l'intercession de son ancien mari, elle parvint à s'embarquer sur un paquebot grec ainsi que nombre d'intellectuels autrichiens – les Werfel –, ou allemands – Golo et Heinrich Mann. Mais Zweig ne l'apprit qu'à Rio de Janeiro où il se trouvait avec Lotte depuis le mois d'août.

Ce départ pour l'Amérique du Sud ne correspondait pas à un désir de s'exiler définitivement. Zweig s'était engagé à une tournée de conférences en Argentine et en Uruguay. Le Brésil, qui lui avait plu lorsqu'il l'avait découvert en 1936 et où il avait un éditeur, Koogan, lui semblait un agréable lieu de séjour en attendant de regagner les États-Unis et peut-être, même s'il y comptait de moins en moins, l'Angleterre.

Les conférences en Argentine, prononcées pour partie en espagnol, furent un triomphe et Zweig en retira des revenus substantiels, dont une grande part fut abandonnée aux organisations de secours anglaises et allemandes. Contrairement à nombre de ses confrères, Zweig, qui était édité dans le monde entier, ne souffrait pas de ne plus toucher de droits d'auteur en Allemagne. Il aida beaucoup d'exilés à subsister dans le Nouveau Monde.

Malgré le succès de ses conférences et le plaisir qu'il prenait à son séjour au Brésil, Stefan Zweig était de nouveau en proie à la dépression. Plusieurs facteurs en étaient cause : la situation internationale le désespérait d'autant plus qu'il était convaincu qu'il appartenait à un monde à jamais englouti par la guerre ; le fait d'écrire dans une langue qui lui était désormais interdite lui donnait le sentiment d'avoir perdu sa patrie une seconde fois ; enfin Zweig n'accepta jamais l'idée de vieillir : il approchait de la soixantaine et ne le supportait pas.

Bien que la perte de son manuscrit sur Balzac contribuât également à son désespoir, il continuait à écrire son autobiographie et travaillait à un livre sur le Brésil, le futur *Brésil, terre d'avenir*. Pour ce dernier ouvrage, qui, lorsqu'il sortit, fut mal accueilli au Brésil parce qu'il n'insistait pas assez sur son modernisme, il fit en janvier 1941, avec Lotte, un voyage dans le nord du pays.

Cependant, dès le 23 janvier, il était de nouveau à New York où, par le plus grand des hasards, il rencontra Friderike le lendemain de son arrivée, dans les bureaux du consulat britannique. Il passa environ six mois et demi à New York ou dans ses environs, à travailler d'arrache-pied aux différents ouvrages qu'il avait en chantier : *Le Monde d'hier*, *Le Brésil, terre d'avenir* et une biographie d'Amerigo Vespucci.

Zweig redoutait la vie aux États-Unis parce qu'il s'y trouvait trop de réfugiés auxquels il ne pouvait fermer sa porte et qui ralentiraient son travail. Sans doute est-ce pour cela qu'à New York il préféra New Haven et la bibliothèque de Yale et, fin juin, une petite villa à Ossining, non loin de Friderike.

Zweig et Friderike avaient établi entre eux des relations cordiales. Elle l'aida beaucoup à remettre de l'ordre dans ses souvenirs pour la rédaction de son autobiographie (toutes ses archives étaient restées à Bath). Durant les semaines qu'il passa à Ossining, banlieue proche de Sing-Sing, Zweig travailla huit à neuf heures par jour avec l'aide de Lotte et d'Alix, l'une des filles de Friderike, qui tapaient ses manuscrits. Cette période de grand labeur le fatigua de même que Lotte qui, sujette à l'asthme, souffrait de troubles respiratoires. Très vraisemblablement, la lassitude vint-elle s'ajouter à la dépression latente qui torturait Zweig. Ceux qui le rencontrèrent alors, Klaus Mann par exemple, lui trouvèrent un regard désespéré.

Finalement, son autobiographie presque achevée, il s'embarqua de nouveau pour Rio avec Lotte le 15 août 1941. Ses adieux à ses amis et à Friderike laissent penser qu'il avait déjà décidé de mettre fin à ses jours. Ainsi donna-t-il à l'un de ses amis la machine à écrire portative sur laquelle travaillait Lotte depuis des années, en prétextant qu'elle les encombrerait pendant le voyage.

Au Brésil, Zweig loua une petite maison à Petropolis. Cette station de montagne avait été choisie en raison de son climat bienfaisant. Elle ressemblait en outre aux petites villes autrichiennes. Ils y passèrent quelques semaines idylliques à jouir de la paix – à l'exception d'Ernst Feder, l'ancien rédacteur en chef du *Berliner Tageblatt*, et de sa femme, il n'y avait pas d'autres réfugiés – et de la vue.

Mais, de nouveau, la mélancolie reprit le

dessus. Zweig, qui avait tant souffert d'être dérangé dans ses travaux, supportait mal son isolement. Lui manquaient également les grandes bibliothèques américaines. Néanmoins, ayant découvert à Petropolis un exemplaire des *Essais* de Montaigne, l'idée lui vint d'écrire sa biographie. De New York, Friderike lui envoya les ouvrages nécessaires. Il se mit à l'œuvre, conscient cependant de ne pouvoir se concentrer aussi bien qu'autrefois. Dans le même temps, il écrivait sa dernière nouvelle, « Le Joueur d'échecs ». Toutes ces œuvres, de même que son autobiographie, ne parurent qu'après sa mort.

Les raisons qu'il avait de se sentir malheureux se multipliaient sans cesse. Il devait jouer avec l'idée du suicide depuis plusieurs mois, au gré de ses humeurs. Pourquoi choisit-il de mettre fin à ses jours le 22 février 1942 ?

Le 16 février, il se rendit à Rio avec Lotte et les Feder. Il avait l'intention d'y rester jusqu'au lendemain et de se mêler à la liesse générale. Mais en apprenant que Singapour venait de tomber aux mains des Japonais, il rentra sur-le-champ à Petropolis. Cette nouvelle lui fut insupportable.

Le 19, il était de nouveau à Rio pour déposer son testament chez son avocat et un paquet à Koogan, son éditeur brésilien, « à mettre en lieu sûr », qui contenait ses instructions posthumes.

Il passa les derniers jours à écrire des lettres à ses amis et à mettre ses affaires en ordre. Le samedi 21 février au soir, Lotte et Stefan invitèrent Feder et sa femme. Zweig lui remit divers ouvrages et lui demanda, au moment où ils se quittaient, de lui pardonner ses humeurs noires.

Le 22 au matin, il écrivit encore des lettres, dont la dernière à Friderike où il expliquait son geste et l'assurait qu'il était « calme et heureux ». Il rédigea également une lettre ouverte en allemand, précédée d'une « Déclaration » en portugais. Là encore, il se justifiait et concluait par ces lignes : « Je salue tous mes amis ! Puissent-ils voir encore les lueurs de l'aube après la longue nuit ! Moi, je suis trop impatient, je les précède. »

Lotte et lui absorbèrent du véronal dans l'après-midi, à un moment où ils étaient seuls dans la maison. Leurs domestiques ne les trouvèrent que le lendemain. Malgré le souhait de Zweig d'avoir des obsèques simples, le Brésil lui fit des funérailles nationales.

Emporté par son tempérament dépressif qui n'avait pas supporté les contraintes de l'exil et de l'âge qui venait, Zweig ne verrait pas « les lueurs de l'aube ». Sa mort choqua profondément les autres exilés. Aucun d'entre eux, qui vivaient souvent dans des conditions matérielles précaires, ne comprit vraiment son désespoir. Certains, dont Thomas Mann, jugèrent son acte égoïste parce qu'il allait plonger les autres émigrés dans le découragement.

À Stefan Zweig, qui avait sa vie durant douté de la valeur de son œuvre malgré son immense célébrité, la postérité allait cependant laisser une place non négligeable dans la littérature internationale. Son suicide, aux raisons multiples, et si diversement commenté, rendit en outre à sa vie, que l'extérieur avait toujours jugée facile, sa véritable dimension, celle d'une tragédie personnelle.

Table

Note du traducteur 7

Un soupçon légitime 9

War er es ? 67

Stefan Zweig et le monde d'hier
par Isabelle Hausser 127

Stefan Zweig dans Le Livre de Poche

ROMANS ET NOUVELLES

Amok n° 6996

La passion en ce qu'elle a d'irrésistible et de semblable à la folie : c'est le thème central de ces trois récits publiés en 1922. L'*amok*, en Malaisie, est celui qui, pris de frénésie sanguinaire, court devant lui, détruisant hommes et choses, sans qu'on puisse rien faire pour le sauver. Le narrateur rencontre sur un paquebot un malheureux en proie à cette forme mystérieuse de démence.

L'Amour d'Erika Ewald n° 9520

Quatre récits parus en 1904. Sur la Riviera au début du XXe siècle, à Anvers au temps des guerres de Religion ou à Jérusalem le jour de la crucifixion du Christ, les thèmes majeurs de Zweig apparaissent ici : l'amour générateur de souffrances secrètes, qui conduisent à la mort ou à la purification, les correspondances secrètes des êtres par-delà l'absurdité des destinées.

Brûlant secret n° 15353

Comment le désir et la passion, enracinés au fond de chaque être, peuvent le révéler à lui-même et bouleverser son destin : tel est le secret que tentent de percer les quatre récits qui composent ce volume. Zweig explore avec audace des sentiments troubles et fascinants, témoignant d'une absolue maîtrise de son art de romancier.

Clarissa n° 9528

Clarissa, fille d'un militaire autrichien, est née en 1894. À l'aube du premier conflit mondial, elle rencontre en Suisse un jeune socialiste français, Léonard. La guerre les sépare, mais Clarissa attend un enfant. Dans l'Europe déchirée, en proie à l'hystérie nationaliste, son acceptation de cette maternité va devenir, plus qu'une décision personnelle, un destin et un symbole.

La Confusion des sentiments n° 9521

Un vieux professeur se souvient de l'aventure qui, plus que les honneurs et la réussite de sa carrière, a marqué sa vie. À dix-neuf ans, il a été fasciné par la personnalité d'un de ses enseignants ; l'admiration et la recherche inconsciente d'un père font alors naître en lui un sentiment mêlé d'idolâtrie, de soumission et d'un amour presque morbide.

Destruction d'un cœur n° 9525

Un vieil homme ne se résout pas à admettre que sa fille devienne adulte. Il se laisse consumer par une jalousie qui, peu à peu, l'isole de ses semblables.

Ivresse de la métamorphose n° 9523

L'Autriche de l'entre-deux-guerres. Christine, modeste employée des Postes, a vu mourir son père et son frère. L'invitation impromptue d'une riche tante d'Amérique achève de la révolter contre la médiocrité de sa vie, sentiment qu'elle partage bientôt avec Ferdinand, ancien combattant, mutilé, devenu chômeur.

Le Joueur d'échecs n° 7309

Qui est cet inconnu capable d'en remontrer au grand Czentovic, le champion mondial des échecs ? Peut-on croire, comme il l'affirme, qu'il n'a pas joué depuis plus de vingt ans ? Voilà un mystère que les passagers oisifs de ce paquebot de luxe aimeraient bien percer.

La Peur n° 15370

Ce recueil de six nouvelles illustre le génie de l'observation de Stefan Zweig, son sens magistral de la psychologie dans l'analyse des comportements humains. Il y résume « le destin d'un individu dans un minimum d'espace ».

Les Prodiges de la vie n° 14016

Anvers, à la veille de la guerre d'indépendance des Pays-Bas. Un vieux peintre, chargé de faire le portrait d'une madone pour une église, la voit s'incarner sous les traits d'une jeune juive.

Romans et nouvelles (La Pochothèque)

Conte crépusculaire / Brûlant secret / La Peur / Amok / La Femme et le Paysage / La Nuit fantastique / Lettre d'une inconnue / La Ruelle au clair de lune / Vingt-quatre heures de la vie d'une femme / La Confusion des sentiments / La Collection invisible / Leporella / Le Bouquiniste Mendel / Révélation inattendue d'un métier / Virata / Rachel contre Dieu / Le Chandelier enterré / Les Deux Jumelles / La Pitié dangereuse / Le Joueur d'échecs

Romans, nouvelles et théâtre (La Pochothèque)

Dans la neige / L'Amour d'Erika Ewald / L'Étoile au-dessus de la forêt / La Marche / Les Prodiges de la vie / La Croix / La Gouvernante / Le Jeu dangereux / Thersite / Histoire d'une déchéance / Le Comédien métamorphosé / Jérémie / La Légende de la troisième colombe / Au bord du lac Léman / La Contrainte / Destruction d'un cœur / Un mariage à Lyon / Ivresse de la métamorphose / Clarissa

Un mariage à Lyon n° 13893

Zweig nous entraîne ici dans différents moments de l'histoire. La violence des hommes, le tragique des destinées inutilement broyées s'inscrivent dans chacun de ces récits sobres et forts, ramenés à l'essentiel, au sens le plus exigeant du mot.

Vingt-quatre heures de la vie d'une femme n° 4340

Scandale dans une pension de famille « comme il faut », sur la Côte d'Azur du début du XXe siècle : Mme Henriette, la femme d'un des clients, s'est enfuie avec un jeune homme qui pourtant n'avait passé là qu'une journée… Seul le narrateur tente de comprendre cette « créature sans moralité ».

Le Voyage dans le passé n° 31718

Louis tombe amoureux de la femme de son riche bienfaiteur, mais il doit partir au Mexique pour une mission de confiance. La Grande Guerre éclate. Les retrouvailles du couple n'auront finalement lieu que neuf ans plus tard.

Wondrak n° 14057

On retrouve là quelques-unes des grandes préoccupations humanistes de Zweig : sa compassion envers le malheur humain, son horreur de la guerre, sa foi dans les valeurs – l'idéal, la générosité, l'amour – qui peuvent, en quelques instants, illuminer une existence entière.

Du même auteur :

Romans, nouvelles, théâtre

ADAM LUX, Publications de l'université de Rouen.
AMOK, Stock.
AMOK OU LE FOU DE MALAISIE, Le Livre de Poche.
L'AMOUR D'ERIKA EWALD, Belfond ; Le Livre de Poche.
BRÛLANT SECRET, Grasset, « Cahiers Rouges » ; Le Livre de Poche.
LE CHANDELIER ENTERRÉ, Grasset, « Cahiers Rouges ».
CLARISSA, Belfond ; Corps 16 ; Le Livre de Poche.
LA CONFUSION DES SENTIMENTS, Stock ; Le Livre de Poche.
DESTRUCTION D'UN CŒUR, Belfond ; Corps 16 ; Le Livre de Poche.
IVRESSE DE LA MÉTAMORPHOSE, Belfond ; Le Livre de Poche.
LE JOUEUR D'ÉCHECS, Stock ; Le Livre de Poche ; À vue d'œil.
LA PEUR, Grasset, « Cahiers Rouges ».

LA PITIÉ DANGEREUSE, Grasset, « Cahiers Rouges ».
PRINTEMPS AU PRATER, Le Livre de Poche.
LES PRODIGES DE LA VIE, Le Livre de Poche.
ROMANS ET NOUVELLES, vol. 1, Le Livre de Poche.
ROMANS, NOUVELLES, THÉÂTRE, vol. 2, Le Livre de Poche.
UN CAPRICE DE BONAPARTE, Grasset, « Cahiers Rouges ».
UN MARIAGE À LYON, Belfond ; Le Livre de Poche.
VINGT-QUATRE HEURES DE LA VIE D'UNE FEMME, Stock ; Le Livre de Poche.
LE VOYAGE DANS LE PASSÉ, Grasset.
WONDRAK, Belfond ; Le Livre de Poche.

Essais, biographies et écrits autobiographiques

AMERIGO, Belfond ; Corps 16 ; Le Livre de Poche.
L'AMOUR INQUIET, *Correspondance 1912-1942 avec Friderike Zweig*, Des Femmes.
BALZAC, Albin Michel ; Le Livre de Poche.
LE BRÉSIL, TERRE D'AVENIR, Éditions de l'Aube.
LE COMBAT AVEC LE DÉMON, Belfond ; Le Livre de Poche.
CONSCIENCE CONTRE VIOLENCE, Castor Astral ; Le Livre de Poche.
CORRESPONDANCE 1897-1919, Grasset, 2000.
CORRESPONDANCE 1920-1931, Grasset, 2003.

CORRESPONDANCE *1931-1936 avec Richard Strauss*, Flammarion.

CORRESPONDANCE *avec Émile et Marthe Verhaeren*, Labor.

CORRESPONDANCE *avec Sigmund Freud*, Rivages.

ÉMILE VERHAEREN, *sa vie, son œuvre*, Belfond ; Le Livre de Poche.

ÉRASME, Grasset, « Cahiers Rouges » ; Le Livre de Poche.

ESSAIS, Le Livre de Poche.

LES GRANDES VIES, Grasset, « Bilbiothèque Grasset ».

LA GUÉRISON PAR L'ESPRIT, Belfond ; Le Livre de Poche.

HOMMES ET DESTINS, Belfond.

JOSEPH FOUCHÉ, Grasset.

JOURNAUX, Belfond ; Le Livre de Poche.

MAGELLAN, Grasset.

MARIE STUART, Grasset.

MARIE-ANTOINETTE, Grasset.

LE MONDE D'HIER, Belfond ; Le Livre de Poche.

MONTAIGNE, PUF.

NIETZSCHE, Stock ; Le Livre de Poche.

PAYS, VILLES, PAYSAGES, Belfond ; Le Livre de Poche.

SOUVENIRS ET RENCONTRES, Grasset, « Cahiers Rouges ».

LES TRÈS RICHES HEURES DE L'HUMANITÉ, Belfond.

TROIS MAÎTRES, Belfond ; Le Livre de Poche.

TROIS POÈTES DE LEUR VIE : STENDHAL, CASANOVA, TOLSTOÏ, Belfond ; Le Livre de Poche.

Composition réalisée par FACOMPO (Lisieux)

Achevé d'imprimer en décembre 2010, en France sur Presse Offset par
Maury-Imprimeur - 45330 Malesherbes
N° d'imprimeur : 160307
Dépôt légal 1re publication : janvier 2011
LIBRAIRIE GÉNÉRALE FRANÇAISE - 31, rue de Fleurus - 75278 Paris Cedex 06

31/5785/6